歪《いびつ》だった私の世界に
桜の花びらをふらせた
君は
これ 俺からのプレゼントな
季節が巡るたび贈り物をくれる
JN167463

春の桜に 夏の朝顔
冬菜に似合うと思って
秋の紅葉《もみじ》に
冬の雪だるま

——そんな君は
時々痛い顔をする
どうして
お前なんだろうな
……え?
俺はお前といると
こんなに
苦しくなるのに……
なぁ
笑って……冬菜

君が隠した事実が
痛くて苦しくても
きっと 私君のことが好きなまま
どうか神様 奇跡を起こして

野いちご文庫

春が来たら、桜の花びらふらせてね。

涙鳴

STARTS
スターツ出版株式会社

「おい、喋れよ」

私の心を踏みにじるような一言と笑い声。

怒りたくても、泣きたくても、苦しくても出ない私の声。

何度泣いても心の中で悲鳴を上げても、誰にも届かない。

そっか、世界は結局、歪《いびつ》な私を受け入れてはくれないんだって気づいたあの日から、
ひとりで生きていくんだって思っていたのに……。

「よう、冬菜《ふゆな》！」

そんな時、きみが現れた。

「これ、俺からのプレゼントな」

きみがくれたもの。

春の桜に夏の朝顔、秋の紅葉《もみじ》に冬の雪だるま。

それから――。

「だから、早く俺のために笑えって！」

溢《あふ》れんばかりの、想いでした。

CONTENTS

春が来たら、
桜の花びら
ふらせてね。

CHARACTERS

原田《はらだ》 冬菜《ふゆな》

Fuyuna Harada

“場面緘黙症”に苦しむ高1。イジメの経験からひとりでいたほうが楽だと、心を閉ざしている。

園崎《そのざき》 咲《さき》

Saki Sonozaki

冬菜のクラスに転校してきた派手な美少女。過去、冬菜をイジメていた。

佐伯《さえき》 夏樹《なつき》

Natsuki Saeki

冬菜と同じクラスで、明るくて人気者。なぜか冬菜が話せないことを知っていて、何か秘密がある…？

貝塚《かいづか》 誠《まこと》

Makoto Kaizuka

琴子の彼氏。落ち着いて見えるが、琴子を溺愛しているギャップ男子。

相沢《あいざわ》 琴子《ことこ》

Kotoko Aizawa

誠の彼女。感情表現がストレートだが悪気はない。

Chapter 1

桜の花びら、降る

四月。

日の光が丸みを帯びてやわらかくなり、風は穏《おだ》やかに、つぼみが開いた幾千《いくせん》の花々が甘い香りで大気を満たす春がやってきた。

私は長い黒髪を束《たば》ねずにおろしたまま、パリッとした真新しい制服に袖《そで》を通す。きっちり第一ボタンまでとめた、シワひとつないシャツ。スカートの丈《たけ》を短くすることもなく、そのままにした私の格好は〝高校デビュー〟なんて言葉とは無縁《むえん》の地味さだった。

今日から私は、高校生になる。

「これで、よし……」

スクールバッグの中に筆記用具と愛読書、スマホと眼鏡《めがね》を入れてリビングへ向かう。

今日は始業式と自己紹介を兼ねたホームルームがあるだけで、昼前には学校が終わる予定だ。

新学期が憂鬱《ゆううつ》でしかない私の重い気持ちとは正反対に、持ち物は軽い。それを恨《うら》めしく思いながら、私はリビングの扉を開ける。

「おはよう、冬菜《ふゆな》」

リビングに入って右手にあるキッチンから、愛犬ベリーのご飯が入った皿を手に、お母さんが笑顔を向けてくる。

「おはよう、お母さん。それから……」

ハッ、ハッと荒い息でちぎれんばかりに尻尾《しっぽ》を振る、黒い毛並みのトイプードルとチワワのミックス犬。興奮して足もとにピョンピョン飛びついてくる愛犬を両手で抱きあげると、私は頬《ほお》をすり寄せた。

「ふふっ、おはようベリー」

そう話しかけると「わふっ！」っと私の手の中ではしゃぐベリー。

女の子なのに男の子みたいな活発さで手を焼くこともしばしばあるが、このふわふわの毛並みに顔を埋《う》めると、すごく癒《いや》される。

朝から幸せな歓迎を愛犬から受けつつ、私はダイニングテーブルでコーヒーをすするお父さんの前に座った。

「おはよう、冬菜。今日は高校の入学式だったな」

「おはよう、お父さん。うん、そっちは大事な会議があるんだっけ？」

お父さんは商品開発の仕事をしていて、今日は新商品の企画を発表する大事な日だと昨日話していた。

「あぁ、今日も母さんと冬菜のためにがんばるぞ」

「ふふっ、いつもありがとう、お父さん」

笑顔でたわいもない話をする。

これが原田《はらだ》家の日常で、私が唯一幸せだと感じられる時間だった。

「カウンセリングは明後日よね、お母さんが車で送ろうか？」

「ううん、ひとりで行けるから大丈夫」

カウンセリングか……。

気が乗らない私は、お母さんに曖昧《あいまい》に笑って答えた。

私、原田冬菜は、原因不明で起こるとされる場面緘黙《ばめんかんもく》症だ。

一見普通に見えるかもしれないけど、家では普通に話せるのに、学校など特定の場所では話している姿を見られることが怖くて、まったく話せない。

症状は人によって様々《さまざま》だけれど、私の場合は家にいても家族以外とは親しい親戚《しんせき》を除いて誰とも話せなかった。

話をしようとすればするほど、緊張して体がこわばってしまう。

隣駅には私がカウンセリングを受けている心理センターがあって、週二回、学校が終わったあとに通っている。

お母さんの言うカウンセリングとは、このことだ。

カウンセリングを受けていて、思うことがある。

それは、いくら話せと言われても、私が心から誰かに伝えたい、繋《つな》がりたいと思わない限り、声は出てこないんじゃないかということ。

私はある日を境《さかい》に、そういった人との繋がりを望むことをやめた。

それ以来、家族以外の誰かに理解されたいとか、学校での居場所がほしいとか、普通の恋がしたいとか、一切思わなくなった。

そんな気持ちが、治らない原因なのではないかと、最近は思う。


校門を通りぬけた瞬間、振動しているような、興奮した空気に包まれた。

掲示板の前には人の壁ができていて、中学からの友人だろうか、同じクラスになれたことに喜ぶ生徒や別のクラスになって落ち込む生徒がちらほらいる。

そんな人の波を縫《ぬ》って掲示板の前に立つと、すぐに【一年A組　原田冬菜】の文字を見つけることができた。

自分がどのクラスになろうと、そこに誰がいようと、私には関係ない。

だって、どうせ誰とも話せない。人に近づけば傷つくのは目に見えているから、話そうとも思わない。

だから私は、なるたけ人の少ない場所へと、逃げるようにその場を離れるのだった。

入学式が終わると、生徒はそれぞれ発表されたクラスへ向かう。

私は一階にある一年A組の教室の前へやってくると、扉に貼《は》られていた座席表を確認した。

席は窓際の一番うしろ。

窓を挟《はさ》んですぐ隣が中庭になるから、人に囲まれないし、誰とも関わりをもちたくない私にとっては景色も眺められる最高の席だった。

「あ、初めまして」

「同じクラスなんだ、よろしくね！」

教室に入るなり、たくさんのクラスメートに話しかけられた。

体が緊張でこわばり、一瞬足を止めてしまう。

「ねぇ、中学どこだったの？」

やめて、そんなに話しかけてこないで。

多分、自分の落ち着くグループを見つけたくて躍起《やっき》になっているんだろう。

ひとりでいられない、群れる人間は弱い。

高校を卒業したら『ずっと友達だよ』、『親友だよ』なんて言葉を交《か》わした相手とも、簡単におさらばできるくせに。

場所が変わるたび、うわべだけの繋がりを作るなんてムダな行為だ。

「えーと、聞こえてる……かな?」

「………」

哀《あわ》れなモノでも見るような気持ちで、私はクラスメートを無言で見つめた。

「ねぇ!」

クラスメートの声は、耳にキンキンと響《ひび》くようだった。

……うるさい。

私はどうせ話せない。

そのことで傷つくことも、もうたくさんだった。

ほっておいてくれればいいのに。

私はクラスメートを無視して、自分の席へまっすぐに向かう。

「なにあれ、めっちゃ感じ悪っ」

「本当だよねぇ、テンション下がるんだけど」

背後で私を責《せ》める声が聞こえた。

ほら、今度は私を餌《えさ》に仲間を作ろうとする。

悪口って、群れを作るための手っ取り早い手段だなと思う。当事者《とうじしゃ》でもないのに聞いただけの話を鵜呑《うの》みにして、それに便乗《びんじょう》して、共通の敵を作ることで仲よくなれる。

物事の信憑性《しんぴょう》なんて、この際どうでもいいのかもしれない。自分が居場所を確保できさえすれば、それでいいんだ。

……汚くて、なんてくだらない繋がりなんだろう。

冷《さ》めた気持ちで、私は静かに席へとついた。

さっそく、読書でもしようかな。

本は好き。集中している時はくだらない現実を忘れられて、綺麗《きれい》な物語の世界へとトリップできるから。

机の横にかけたスクールバッグの中に手を入れて本を探していると、ふいに視線を感じた。

……誰かに見られている気がする。気のせいかとも思ったけれど、やっぱり視線を感じる。

ほとんど動物的な勘《かん》で、顔を上げると──。

「よ、よう！」

窓の外、窓枠《わく》に両肘《ひじ》をついてこっちを見つめている不審《ふしん》者一名。

彼のブラウンがかった少しクセのあるやわらかそうな髪は、太陽の光に透《す》けて金に近い輝きを放《はな》っている。

スッと通った鼻筋、それを軸に形のいい二重の目と眉《まゆ》と唇《くちびる》がバランスよく配置されている端整《たんせい》な顔立ちの男の子がそこにいた。

うわ……かっこいい人だな。

思わず見とれていると、目が合ってしまう。

はずかしくなって視線をそらそうとした時、彼は白い歯を見せてニッと笑った。

この人は、どんなに辛いことがあっても前を向いているのだろう。初対面なのに、彼の太陽に向かうひまわりのような笑顔が私にそう思わせる。

それにまた、目を奪《うば》われた。

「俺、夏樹《なつき》、ちなみに冬菜の隣の席だから」

「………………」

——あれ？　私、名乗ってないのに、よく名前がわかったな……。

もしかしたら、先ほど扉に貼ってあった座席表で確認したのかもしれない。そう思った私は、とくに気にとめることはしなかった。

それにしても、いきなり下の名前で呼ぶなんて馴《な》れ馴れしいな。

距離が近すぎる人は苦手。平気で心に土足で踏み込んでくるから。

「あ、そうだ冬菜、こっち来いよ」

夏樹くんはちょいちょいと手招きしてくる。

ここは一階で、窓の外は中庭に繋がっている。

なんで外にいるのか、なんの用なのか。もう、どっからツッコめばいいのやら……。

疑問ばかりが浮かんで、頭を抱えたくなった。

「はぁ……」

上手《うま》い断り文句を見つけられなかった私は、ため息をつきながら言われた通りに窓の前に立つ。

すると、目の前の彼が私の頭ひとつ半ほど背が高いことに気づいた。

見下ろされることに少し圧倒されつつ、夏樹くんを見上げる。

「あー……お前って、そんな小さかったんだな」

「………」

――変なの。

夏樹くんとは初対面なはずなのに、前から私のことを知ってるみたいに言うんだな。

それとも、私の考えすぎだろうか。

不思議に思いながらも、きっと深読みのしすぎだと自分を納得させることにした。

「悪いけど、もうちょい頭出してくんない?」

頭って……本当に夏樹くん、何をする気なの？

もちろん突っぱねようと口を開く。

でも、目の前で満面《まんめん》の笑みを浮かべる夏樹くんを見たら、心がチクリと痛んで、私はもう一度口を閉じるしかなかった。

他の人なら、無視することができたと思う。

なのにどうして、夏樹くんが相手だと断りにくいんだろう。

自分の気持ちに戸惑《とまど》いながら、私は恐る恐る窓枠に手をついて上半身を乗りだすと、窓の外へ頭だけ出してみる。

その瞬間、ひらりと視界の端に薄紅色《うすべに》がよぎった。目の錯覚《さっかく》かなと、瞬《まばた》きを数回繰り返す。

「入学おめでとう、冬菜！」

「っ……え？」

驚きに、小さく声が漏《も》れた。

お祝いの言葉とともに、はらはらと頭上から降ってくる季節外れの薄紅色の雪。

それをすくうように両手を出せば、ふわりと手のひらに舞いおちる。

それは、夏樹くんが降らせた桜の花びらだった。

「冬菜のために、花咲《はなさ》か夏樹が桜を咲かせましょう」

彼の楽しそうに弾《はず》む声を聞きながら、私は今自分に起こっていることを整理しようと頭をフル回転させている。

咲かせたというか、降らせたって感じだけど——って、そんなことはどうでもいい。

なんで、桜の花びらを私に？

新手《あらて》のイジメかと思う反面、そうじゃない気もする。

だって夏樹くんは、入学おめでとうって言ったんだ。

「俺からのプレゼント。朝から拾い集めてたんだぜ」

目を見開く私に夏樹くんはカラカラと笑って、桜の花びらがいっぱいに詰まった袋を持ち上げて見せてくる。

朝から私のために……いったいどうして？

この人は誰なの？

心の中に警報《けいほう》が鳴り響く。

知りたいという欲求を持ってはダメだと、誰かが私を引きとめようとしているみたいに胸が騒《さわ》ぐ。

「その顔、なんでって顔だな」

「…………」

何も言ってない。表情も悟《さと》られないくらいには、無表情のはずだった。

「そんで今は……不思議そう？」

なのに、夏樹くんの一言は、的確に私の本心を言い当てる。

そう、不思議で仕方ない。

夏樹くんは、私が喋《しゃべ》らないことを変に思わないの？

初対面の人が私に抱く最初の違和感は、言葉を発さないことだ。

だから、必ずと言っていいほど問い詰められるんだけど……。

「つう……」

無意識に、どうしてなのかを尋ねようとして口を開いていた。

けどやっぱり、漏れる声は言葉にならない。

伝えたい言葉全部が喉《のど》に詰まるような息苦しさを感じながら、内心驚いた。

あれ、私……。今、夏樹くんに自分から話しかけようとした？

話せないって、わかってるはずなのに。

自分の行動に驚いて、混乱していると——。

「俺、冬菜の顔ガン見しとくから、話さなくてもいいぞ」

——え？

夏樹くんの言葉にもっと驚かされる。

話さなくてもいい。

そう言った言葉の真意はどこにあるのだろう。まるで、私が話せないことを知っているみたい。

私に話せと言う人はたくさんいたけれど、話さなくていいと言ってくれたのは夏樹くんが初めてだった。

胸に乗っかっていた重い荷物が減ったみたいに、心がスッと軽くなるのを感じる。

もろもろ、夏樹くんはどういう意味で言ったんだろう。

問うように彼を見上げれば、目の前に太陽が落ちてきたような、まぶしい笑顔が返ってくる。

「表情を見てれば、なんとなく言いたいことわかるし」

私、学校で表情なんて出してたんだ……。

だとしたら、きみの前でどんな顔をしているのだろう。

ふいにそんなことが気になって、すぐさま考えを追い払うように頭を振る。

なんで私、律儀《りちぎ》に夏樹くんに付き合ってあげてるんだろう。

無視して席につけばいいのに、なぜかそれができない。気づけば彼のペースに巻き込まれている自分がいた。

夏樹くんの明るさがそうさせるのか、ほだされそうになってる……？

だとしたら、この人は危険だ。私が自分自身を守るために閉じた世界を、こじ開けようとするから。

「これから、冬菜にたくさんプレゼントを贈るから」

「っ……え？」

今、なんて言ったんだろう。

不穏《ふおん》な言葉が聞こえた気がした。

贈り物って、どうして私にそんなことをするの？

「覚悟しとけよ？」

「……なっ」

ふざけないでよっ。

毎回こんなことされたら、たまったもんじゃない。

話すことも、話しかけられることにも疲れたんだ。私はもう誰にも近づきたくないし、孤独《こどく》にひとりで生きると決めている。

私の平穏を壊されるなんて冗談じゃない、と夏樹くんをにらみつける。

「ぶっ、くく……怒ってやんの。でもほら、上杉謙信も仲よくなるためには敵に塩を送ったって言ってたし」

「………」

それは、意味が違う気がするけど……。

あれは『敵対していても、争いの本質でないことに関しては助ける』という意味だ。

言葉のままとれば、夏樹くんが私を敵だと言っているのと同じなんだけど……。

仲よくなるとか言ってたし、意味知らないで使ってるんだろうな、この人。

人間って不思議。あきれ果《は》てると腹も立たないみたいだ。

「おいっ、なんだよそのあきれた顔は！」

あきれを通り越して――『無』だ。

本当に意味わからないよ、夏樹くんって。

これ以上話していても疲れるだけだと思った私は、外にいる夏樹くんを無視して自分の席に戻る。

「おい！　お前はなんで外に出てるんだ。席につけ、席に！」

「あ、やべっ」

先生に見つかった夏樹くんが、あわてて教室の中へ入った。クラスにワッと笑いがわき、初めての高校生活に張りつめていた空気が少しだけ和《やわ》らぐ。

「誰だ。佐伯《さえき》か」

と、座席表を見ながら先生が確認する。

佐伯……。

聞きおぼえのある苗字《みょうじ》な気がした。

まさか……ね。

人を遠ざけてきた私に、聞きおぼえのある名前なんてあるはずがない。

きっと気のせいだと、私は考えることをやめた。

「ちぇっ、もうちょい花咲かじいさんやるつもりだったのによ」

花咲か、じいさん？

隣の席に座った夏樹くんは私の方《ほう》を見て、いたずらがバレた子供みたいに肩をすくめた。

頭の中、年中お祭り状態の夏樹くんに私は心底あきれる。

「まぁ、三年あるしな。これから全力で冬菜のことを笑顔にすっから、よろしく！」

全力で笑顔にするとか、やめてほしい。胸の奥で何かがしきりにざわついて、落ち着かない。

この気持ちはなんだろう、と考えはじめた思考を絶《た》つように、無邪気《むじゃき》に笑う夏樹くんから目をそらした。

初対面なのにどうして、私のために何かをしようとするのか。

たくさんの疑問が頭の中に浮かんで、動悸《どうき》がする。

得体《えたい》のしれない存在。なのに害はなさそうで、ひたすらに戸惑う。

——ねぇ、きみはいったい誰……？

残る傷跡、最後の涙

入学式の翌日の空は、透き通るような青みを帯《お》びた空だった。

「行ってきます」

見送ってくれたお母さんに背を向けて家を出ると、ゆっくりと学校を目指した。

私は通学路の住宅街を抜けて、大きな道路沿いの道に出る。ここは駅へ繋がる大きな通りのひとつで桜並木がある。

私は駅とは反対方向に進むので、当然向かってくる人の数の方が多い。だから、この道が嫌いだった。前から群れのように歩いてくる人の顔すべてが、私を見ているように思えてしまうから。

道ゆく人の視線も話し声も、私に向けられているような気がして、とてつもない不安に襲《おそ》われる。

このルート以外に学校まで行ける道はなく、私は見たくないモノから目をそらすようにして顔を上げた。

見上げた先には、まだ鮮《あざ》やかさを失っていない桜の花が咲いている。

桜……。

桜を見ると、きまって思い出すことがある。まだ幼かった小学生の頃のことだ。

落ちた桜の花びらをかき集めて、花の絨毯《じゅうたん》を作ってもらったことがあったな。

——誰に……だっけ？

過去の記憶を手繰《たぐ》りよせようとすると、その温かい記憶より、奥底に眠る嫌な記憶の方が蘇《よみがえ》る。胸をえぐるような痛みとともに。

忘れもしない、小学六年生の十二月のこと。

凍《こご》えるような寒さが心さえ凍《こお》りつかせてしまいそうな、あの冬を——。

＊＊＊

『おい、なんか喋れよ、原田地蔵《じぞう》』

隣の席に座るのは、クラスでもムードメーカー的な存在の男の子。そんな彼が、本を読んでいる私の方を見てそう言ったのがわかった。

視線を向ければ、彼は蔑《さげす》むような笑みを浮かべている。

『………』

話せないのをわかってて、男の子は何度も私をからかった。

この時、自分が病気だということを知らなかった私。いつも、どうして学校だと声が出せないんだろう。そんな疑問と焦《あせ》りに押しつぶされそうになっていた。

みんなに変に思われないように大きくうなずいたり、笑ったり。話せないことを悟られないように必死になることが、苦しくて仕方なかった。

たくさん、がんばってきたつもりだった。

それでもみんなには隠しきれず、私はついに愛想《あいそ》のない同級生というレッテルを貼られてしまった。何を言われても反論しないのをいいことに、みんなは私を笑い者にするようになったのだ。

そのたびに泣きそうになって、唇を噛《か》みしめるという繰り返し。

まるで、永遠に終わらない地獄のようだと私は思った。

『ねぇ〜、なんか言いなよ、原田地蔵』

『…………』

男の子に便乗したのは、クラスの中心にいる目立ちたがりやの女の子だ。

『原田地蔵』というのは、喋らないうえに無表情な私が地蔵みたいだからという理由で男の子につけられたあだ名。

みんなは私を理由に笑いを作り、話題を作り、居場所を作る。鬼ごっこでいうならば、私はずっと鬼でクラスの平穏を保つための必要悪《ひつようあく》。つまりは生贄《いけにえ》ということだ。

だから私は、いつもひとりだった。

『原田地蔵、なんか泣きそうじゃね？』

男の子は、私の顔をのぞき込んで鼻で笑う。

泣きそうなのがわかっているのに、どうして笑えるんだろう。どうして誰も『大丈夫？』って声をかけてくれないんだろう。

いろんな〝どうして〟が、世の中の理不尽《りふじん》さを私に思い知らせてくる。

教室に『泣け、泣け、泣け』というコールがわき起こる。

『うっ……』

やめて、泣くところなんて見られたくない。こんな私にだって、意地くらいある。

歯が食い込むほど強く唇を噛む。でないとみっともなく泣き叫《さけ》んでしまいそうで、私は何度も自分に『泣いてたまるか』と言い聞かせて、勢いよく席を立った。

突然の私の行動に意表を突かれたのか、教室は水を打ったように静まり返る。その間に私は、逃げるように教室を飛び出した。

『……ううっ』

人目がなくなったことに気がゆるんだのか、私は走りながら耐えきれず泣いてしまった。悔しくて、どうして私なんだろうと何度も嘆《なげ》く。

そんな自分がみじめで、走る気力もなくなった私は廊下のまん中で立ち止まった。

この世界は、黒く汚い。

バカな担任は『おもしろいニックネームをつけてもらえてよかったな!』なんて、あたかも気さくな教師を演じる。

あげく、私を『原田地蔵』とクラスメートと一緒にそう呼んだ。

何も知らないくせにと、担任に向かって心の中で何回も悪態《あくたい》をついた。

先生はあの時、みんながどんな顔をしていたかを知っていますか?

人の不幸を生き生きとした顔で笑う、まるで悪魔のように。人間は普通じゃないモノを理解しようともせず、蔑む。

優しさをどこかに置き忘れてしまった、救いようのないこんな世界なら……みんな消えてしまえばいいのに。

そう思う私も、まるで悪魔だ。

『おい、原田!』

——え?

ふいに名前を呼ばれて、涙もそのままに振り返る。

そこにいた人物に、私は息を詰まらせた。

……どうして。

目の前にいるのは、私にあだ名をつけて散々《さんざん》笑いものにした張本人《ちょうほんにん》。

私のこと、まだからかい足りないの？　わざわざ追いかけてきたりして、私がきみに何をしたっていうの。

『泣いてる……のか？』

泣いてるのか……だって。傷つけたのはそっちなのに、しらばっくれるつもり？

ふつふつと怒りがわいてきて、彼をキッとにらみつける。無意識に握りしめた手に、爪が痛いほど食い込むのがわかった。

けれど、こんな人のために感情的にはなりたくない。

ボロボロにされてもなお、失わずにいるプライドを守るために大きく息を吐《は》き出すと、無表情を装って男の子を見つめ返す。

『原田、俺……俺っ』

何か言いたげに、眉を寄せて痛みをこらえるような顔。それに、不覚にも驚いた。

どうして、そんな顔をするのだろうと戸惑う。

『こんなところにいた！　原田地蔵なんてほっといて、早く教室戻りなよ。これから、みんなで合唱会の練習だよ！』

彼を呼びにきたのはクラスの中心的な存在である、あの女の子だった。

女の子は男の子の腕をグイッと引っぱり、邪魔《じゃま》だとばかりに私をにらむ。

『ねぇ、早く行こっ』

『お、おう……』

男の子は気まずそうに私をチラリと見て、すぐに背を向ける。そして、ふたりは教室の方へ歩いていった。

私と彼らの歩く道は、一生交《まじ》わることはない。

私は誰もいない場所へ、ひとりぼっちになるための道を歩いていくから。

最初に場面緘黙症を疑ったのは五歳の時だ。

私は幼い頃から、家では活発で明るい性格だった。

でもなぜか、保育園に行くと話せなくなり、友達もできずに次第に孤立した私は、教室の隅《すみ》で静かに過ごすようになっていった。

それを先生から聞いたお母さんは、私の様子が家と保育園とで大きく食い違っていたからか、すごく驚いていたのを覚えている。

ただ、病気自体があまり知られておらず、ただの人見知りだと思ったお母さんは、私が大きくなれば自然と治るものだろうと思ったらしい。

当然、そんなことはないので、私は話せないまま小学校へ入学した。

しかし、小学校卒業間近になっても変わらない私の家と学校とのギャップに、さすがにおかしいと思ったお母さんは心理センターに相談した。

そこで初めて、自分が場面緘黙症だということが判明したのだ。

自分のせいじゃなく、病気のせいだとわかった瞬間、私はなぜか許されたような気がして、声を上げて泣いたのは今でも忘れられない。

小学校を卒業して幸いなことに、あの男の子たちとは別の中学になった。

中学に上がってからも、心理センターでカウンセリングを受ける毎日。

それでも症状はよくならなくて、中学でも孤立していった私は、段々と希望を失っていく中で気づいた。

仕方《しかた》のないこともある。

望んでも手に入らないモノだってある。

いっそ、初めから必要のないモノなのだと自分の気持ちを偽《いつわ》った方が楽なのだ。

そんな世界の無情さに、気づいた瞬間だった。

＊＊＊

そうだ……私は気づいたんだ。

必死に笑顔をつくろっても意味がないのなら、努力したって私を蔑む人間が消えないというのなら、最初から必要がないと思えばいい。

言いたい人間には、言わせておけばいいんだって。

心ない言葉に傷つかないように、心に、世界に、そっと蓋《ふた》を閉じようと決めた。

私の行く先が、太陽の当たらない、足もとが見えない闇《やみ》の中でもかまわない。

そう、私が望んで、この暗く光のない孤独な道を行くと決めた。

そういえば……あの絨毯を作ってくれたのって、誰だったんだっけ。

結局、思い出せないままだったけど、別にいいか。

もしかしたら、まだ居場所が欲しいと思っていた頃のバカな私が見た夢だったのかもしれない。

きっとそうだ、と心でつぶやいた。

私は学校に近づくほどに喉がつかえるような嫌な感覚を味わいながら、一歩一歩、重い足取りで進む。

たとえそれが、過去に本当にあったことだったとしても……。

今の私には、もう必要のない美しすぎる記憶だ。

心染みる、チョコレート

【恋はわがままに燃え、想いを押しつける一方的で熱い太陽のような感情である。】

【愛は無条件に思いやり、深い慈悲《じひ》をもって包み込む、月のような感情である。】

本の一節に、私はひどく心を揺《ゆ》さぶられた。

人が誰しも一度は考える、恋と愛の違い。

それを太陽と月に例《たと》えるなんて、ロマンチックで胸にグッとくるものがある。

綺麗な言葉、表現は好き。

心が洗われるようで、私に夢を見せてくれるから。

じんわりと染《し》みわたるように広がる、感動の波の余韻《よいん》にひたっている時だった。

「はよ、冬菜！」

「…………」

――最悪。

やわらかく屈折《くっせつ》する日光に照らされて、静かに読書をしていた私の前に現れたトラブルメーカー。

入学式から一週間が経《た》った。

あの日から、私の変わりばえのない日々が、ある男によって妨害《ぼうがい》されている。

「なぁ、なんの本読んでんだ？」

「…………」

無視だ、無視。

こういう人は、反応すると調子に乗る。

これまで、からかわれ続けた経験から学んだことだ。

だけど、彼はめげずに、不屈の精神で私に関わろうとしてくる。

わざわざ私の机の前にしゃがみ込んで勝手に両肘をつく夏樹くんに、何度ため息をついたかわからない。

彼をなるべく視界に入れないように、読みかけの本を少し持ち上げて顔を隠した。

よし、これで顔が見えなくなった。安心して読書でき——。

「あー、『薄紅色の初恋』？」

「うっ」

つい、はずかしさにうなってしまった。

やめてっ、はずかしいから題名を言わないで！

カバーをかけていたのに本を持ち上げた拍子《ひょうし》にずれてしまったのか、タイトルが見えてしまっていた。

こういう本を読んでるキャラなんだって、思われたくないのに……。

常に、近寄りがたい雰囲気《ふんいき》をかもし出すようにしてきた。

それは、話しかけられたり、話せないことでバカにされたりしないよう、あらかじめ自分を守るための手段、いわば鎧《よろい》だ。

少しでも怖い、強い人だと思われる必要があるというのに、恋愛小説なんて読んでいると知られたら、そのイメージが崩れてしまう。

というか……どうして私につきまとうんだろう、この人。

気に入られるようなことはしていないのに、初対面からこの勢いで話しかけてくる。

「ふーん、乙女なんだな冬菜って」

「っ……はぁ」

もう、ほっといてほしい、関わらないでほしいのに。

諦《あきら》めて本をおろすと、仕方なく夏樹くんを見る。

「そんな、イモムシ噛みつぶしたみたいな顔すんなって」

い、イモムシ!?

想像したら、ぞわっと鳥肌が立った。

「お前それ、苦虫《にがむし》だからね」

「イモムシ噛みつぶすとか……キモーイッ」

私の代わりにツッコんだのは、同じクラスの貝塚誠《かいづかまこと》くんと相沢琴子《あいざわことこ》さん。

貝塚くんは奥二重で肌の色も白く、ダークブラウンの髪が落ち着いた雰囲気を感じさせる塩顔男子。対する相沢さんは茶髪のショートヘアーで、クリッとした目もとが印象的な明るい女の子だ。

また、人が増えたな……。

モヤッと不快感が胸にわく。体がこわばるのを抑《おさ》えるように、こっそり深呼吸した。

「やーん、誠くん。夏樹がキモイこと言ってるよぉ～」

「だな～、琴ちゃんの耳が汚れるじゃんなぁ？」

「琴子のこと、守って」

「あたりまえだろっ、琴子は世界で……」

――以下省略。甘ったるいセリフのオンパレードに、その先を聞くのを思わず放棄《ほうき》してしまった。

見つめ合って、このままキスしてしまいそうな雰囲気。

完全にふたりの世界にいる、このイタイふたりはクラス公認のラブラブカップルだ。

「キモイ言うな、そこのカップル。ちょっと間違っただけじゃんなぁ？」

同意してくれと言わんばかりに、こちらを見る夏樹くん。

イモムシ……苦虫。

先ほど読んでいた本に綴《つづ》られていた美しい言葉と比べると、単語ひとつ違うだけで人をこんなにも不快にできるんだな、言葉って。

思い出すだけで、やはり気分が悪くなった。

「…………」

私から言えることは、何もないな。

私はなにごともなかったように無言で、夏樹くんからスッと視線をそらした。

「目線そらすなよ！」

当然、強靭《きょうじん》なメンタルの持ち主である彼が見逃してくれるわけもなく、すぐさま私の顔をのぞき込んで不満げに唇をとがらせてくる。

知らないよ、そんなこと。

いちいち突っかかってくる夏樹くんが、とてつもなくうるさい。

私の平穏な日々はどこにいったの？

嘆きたいのは私の方だった。

「なぁ、冬菜ちゃんってなんで夏樹につきまとわれてんの？」

そんなの、私が聞きたいよ。

貝塚くんの質問にまた、ため息をつきそうになる。

ため息をつくたびに幸せが逃げるってジンクス。あれが本当なら、私はとっくに不幸になってるんだろうな、なんてぼんやりと考える。

「ねぇねぇ、冬菜ちゃんって、なんで喋らないの？」

ドクンッと、まるで爆弾が落ちてきたみたいな衝撃が胸を襲った。

『なんで喋らないの？』

その一言で、一瞬にして心が冷めていく、心臓が軋《きし》む音がする。

私を引きずり込むような闇がどんどん体の中に広がっていく感覚とともに、思い出される過去の記憶。

『おい、なんか喋れよ原田地蔵』

『ねぇ〜、なんか言いなよ、原田地蔵』

目を閉じると蘇る屈辱《くつじょく》の日々に、ギリッと奥歯を噛みしめた。胸の奥に潜《ひそ》んでいた闇が牙《きば》となって心臓に刺さるかのように、ズキズキと痛みだす。

耐えきれなくなった私は、パタンッと大きな音を立てて本を閉じた。

「え、冬菜ちゃん？」

「やめろ、琴子。コイツは——」

不思議そうに目を丸くした相沢さんを、なぜか夏樹くんが止めた。

理由はわからないけど、助かった。

これ以上、土足で心を荒らされるのは不愉快だったから。

何も知らないって、ある意味一番残酷《ざんこく》な凶器だと思う。無自覚に、触《ふ》れられたくない傷をえぐるから。

でも……知らないからって、人を傷つけていい理由にはならない。

「…………」

ガタンッと音を立てて、私は無言で席を立つ。そして、迷いのない足取りで本を片手に教室の出口へと歩いていく。

授業開始まであと数分しかないというのに立ち上がった私を、クラスメートたちが不審そうに見つめてくるのがわかった。

「冬菜、どこに行くんだよ！」

私がどこに行こうと、関係ないでしょ？

ほっといてほしいのに、関わろうとしてくる彼らに腹が立つ。

だから、誰かと関わるのは嫌なんだ。

お願いだから、もう踏み込んでこないでっ。

「冬菜、待てって！」

夏樹くんが呼びとめたのが聞こえたけれど、私は振り返ることなく教室を出る。

小学生の時にも、こんな風《ふう》に教室から逃げ出したことがあったな。あれは確か、クラスのムードメーカーの男の子にからかわれた時だ。

どこに行っても、私と向き合おうとしてくれる人はいない。

ほら、やっぱり誰かとわかり合おうとするなんて無理なんだと、自嘲《じちょう》するような笑みを浮かべながら、私は屋上へと向かうのだった。


一限目から授業をサボってしまった。

本を開いてはいるのに、ここへ来てから一ページも進んでいない。

フェンスを背にして座り、羅列《られつ》する文字をただボーッと視線でなぞっているだけ。

さっきはあんなに心動かされた本にも、今は何も感じなかった。

あんな言葉ひとつに傷ついてるだなんて、そんな弱い自分を認めたくない。

誰かに蔑まされて、震えて泣いているだけの自分はもう捨てたはずだった。

私は昔よりも強くなったって、そう思いたかったのかもしれない。だから、心の奥底にある『辛《つら》い』という感情から必死に目をそらしてる。何も感じてないように振舞って、自分の気持ちをだましてるんだ。

ふいにキィィッという錆《さ》びた鉄が擦れるような独特の音が、風に乗って耳に届いた。

瞬時に屋上の立てつけの悪い扉が開いたのだとわかり、私は振り返る。

「冬菜っ、ここにいたのか！」

どうして来たの……？

屋上の入り口に立っていたのは、夏樹くんだった。

私が言うのもなんだけど、今は授業中。彼がここにいる理由も、私を探していたみたいな口ぶりの真意もわからなくて困惑《こんわく》する。

「よかった……ったく、探しただろ」

少し息を切らせながら、そばにやってくる夏樹くんを私は呆然《ぼうぜん》と見上げる。

背にしている太陽のせいなのか、困ったように笑う温かい表情のせいなのか、彼自身が優しくふんわりと輝いているように見える。私はそのまぶしさに目を細めた。

「あ、サボって読書か？」

「………」

夏樹くんが当然のごとく隣に腰かける。私が返事をしなくてもとくに気分を害したふうでもなく、夏樹くんは絶えず笑みを浮かべていた。

それにしても、こんなに近くに座る必要ある？

身動きするたびに腕が当たる距離。むずがゆいような、落ち着かない感じがした。

「それだと俺が暇になっから、これは没収《ぼっしゅう》な」

「あっ」

――私の本が！

夏樹くんに、ひょいっと手から本を取りあげられた。

急に何をするんだ、と彼を軽くにらむ。

するとなぜか、私が向ける感情とは正反対の満面の笑みが返ってきた。

「俺さ、非常食持ってきてんだけど、こっち向いて」

そう言って、夏樹くんは唐突《とうとつ》に私の顎《あご》をつかむ。

……え？

なにごとかと呆《ほう》けて半開きになっている私の口の中に、彼は何かを放り込んだ。

「んっ⁉」

舌の上で溶《と》けていく、甘くて、時折酸味《さんみ》を感じる濃い物体。その味に覚えがあった。

これは、チョコレート？

しかも、男の子である夏樹くんには似合わない、可愛《かわい》らしいイチゴ味。私は意外だという風に瞬きを繰り返しながら、夏樹くんを見つめる。

「うまくね？」

「……ん」

ほとんど無意識に、私は首を縦《たて》に振っていた。

——って、なに素直にうなずいてんの。

すぐに我に返った私は、ほんのり熱を持つ頬を隠すようにそっぽを向く。

油断してた。ううん、夏樹くんの前だと素《す》に戻ってしまうんだ。

そんな不思議な力が彼には、あるような気がした。

「そうか、うまかったか！」

「っ……」

いつもより高い声のトーンに、くしゃっとした全力の笑顔。

たった、チョコレートひとつ。おいしいとうなずいただけなのに、どうしてそんなにもうれしそうな顔ができるのか、私は不思議でならなかった。

「うし、これもプレゼントだ。もっと食え」

「んぐっ」

無理やり、チョコレートを口の中に入れられた。

もうっ、詰まったらどうするの！

恨めしく思いながらも、甘い誘惑には勝てずにもぐもぐと口を動かしてしまう。

「まだいっぱいあるぞ」

「むぐぐっ」

私の口の中にチョコレートを数個入れた夏樹くん。

そんなにたくさん入れないで……っ。口の中ゴロゴロするし、噛みにくいっ……。

下手したら口からチョコレートが飛び出てしまいそうで、そんな醜態《しゅうたい》をさらさないように必死に口内の体温で溶かす。

「ぶはっ、もぐもぐしてんの、冬菜リスみてー」

「むぐ……」

ふくらんだ頬をツンツンと指で押され、ムッとする。

私、遊ばれてる？　リスになったのは夏樹くんのせいなのに、ふき出すのってどうかと思う。

「なぁ冬菜」

「ん……？」

急に改まって名前を呼ばれた。口の中のチョコレートをようやく処理し終えた私は、不思議に思いながら夏樹くんを見つめ返す。

数分前までひまわりのように太陽を見上げていた彼の頭が、だんだんとしなびるように垂れてくる。

「あのさ、さっきの……琴子のこと、悪かったな」

さっきの……。

思い起こすのは、『なんで喋らないの』と言った相沢さんの無邪気で残酷な言葉だ。相沢さんに悪気はなかった。誰もが最初に感じる違和感で、触れてこない夏樹くんの方が不思議なくらいだ。

けれど、誰かを責めなければ心が苦しかった。

喋らないいんじゃなくて、私は喋れないいんだ。この口が言葉を発せない理由がわかるのなら、私が知りたいくらいだよ。

そんなもどかしさに冷静でいられなくなってしまった私は、つい相沢さんにひどい態度をとってしまったのだ。

「冬菜は、喋れないいんだよな」

「っ、え……」

どうして、私が故意《こい》に喋らないいんじゃなく、喋れないのだとわかったのだろう。

今まで出会ってきた人たちは、喋らない私をただの人見知りとしか見なかった。だから、本当の理由なんて誰も気づかない、知ろうともしないとばかり思ってた。

なのに夏樹くんは、迷いもせずに私が〝話せない〟のだと言う。

「……冬菜のことなら、わかるよ」

私は……きみのことがわからないよ。

出会ってからの夏樹くんは、私の前では屈託《くったく》のない笑顔を見せてくれる。

なのに、おかしいな。今はどこか辛そうに見える。

「わかる……」

もう一度そう言って、キュッと寄せられた彼の眉。苦しげで泣きそうに揺れる瞳《ひとみ》。

何かを押し殺したように引き結ばれた唇。それらでできあがった表情は、私の知らないものだった。

「なんて……な。えらそうなこと言ったけど、俺は忍者ばりに察しがいい男なんだ。だから、冬菜のことは俺に筒抜けってことを言いたかった！」

何かを隠すように、作られた笑顔。

彼の言葉も表情も心にもない嘘《うそ》だということは、すぐにわかった。

昔の私も、辛いことや悲しいことがあった時こそ笑っていた。

その方が相手も自分の心もごまかせて、苦しさから目をそらすことができて楽だったから。日陰《ひかげ》で生きる苦しみなど知らないように見える夏樹くん。そんな彼の隠したいモノって、なんなのだろう。

それを知ったら、何かが変わってしまう気がするのはなぜ？

知りたいようで、知りたくないという相反する感情に息が詰まりそうになる。

「琴子も誠も、純粋に冬菜と友達になりたかったんだよ。アイツらはな、あれが素なんだぜ、ヤバくね？」

ヤバい……といえばたしかに。世間ではあれを、バカップルと呼ぶんだろうな。

見ててちょっと、その……イタイ。

話題が変わったことで、私の意識はそっちにもっていかれる。さっきの夏樹くんの表情のことなんて、すっかり頭から抜け落ちていた。

「だから、裏とか全然ねーの。言葉のまんま、信じて大丈夫だ」

「……う……」

そうは言っても、怖いものは怖い……。

その言葉がたとえ本当だったとしても、過去が私を不安にさせる。

誰かに受け入れられたいと望めば望んだぶんだけ、拒絶《きょぜつ》された時の痛みは大きい。

傷跡だって、深く残るんだ。

「まぁ、気が向いたら友達になってあげてくれよ」

「………」

それに何も答えられず、地面へと視線を落とした時だ。夏樹くんは突然、「そうだ！」と声を上げる。

「今のままだと、ちょっと不便だろ。うしっ、スマホ出せ」

よくわからないけど、気を遣《つか》ってくれているみたい……？

わざとらしく明るい声を出す夏樹くんに、ほだされている自分がいる。

この人からは、人間の汚さを感じないからだと思う。

世界は汚いモノで溢《あふ》れているのに、夏樹くんは奇妙なくらい心が美しい。

過去にとらわれて心を捨ててしまった私には、夏樹くんのように綺麗な存在がひどくまぶしく感じた。

「冬菜、早く！」

私は急《せ》かされるまま、胸ポケットに入れていたスマホを彼に手渡す。

何するつもりなんだろう……。

「ほら、ダウンロードできたぞ」

え、ダウンロード？

返されたスマホの画面を見れば、見慣れないメモアプリがダウンロードされている。

「今度から、それで筆談な」

筆談——そっか、文字ならいくらでも打てる。言葉が出なくても、気持ちを伝えられるから……。

こんな風に私と会話しようとしてくれた人、夏樹くんが初めてだな。

みんなは、私が話せないとわかると離れていく。

そもそも、理解しようという気がないんだ。

みんな、自分がひとりにならなければそれでよくて、楽しくもないのに場の雰囲気に合わせて笑う。たいして思ってもないのに、友達が言ったからと無条件で同意する。

それができない存在——つまり、私には価値がないのだ。

「あと、俺の連絡先も入れといたから。これからは電話もメールもたくさんすんぞ」

なのに、きみは私に歩み寄ろうとしてきた。夏樹くんは、変わり者だと思う。

「話したいと思ったらでいい。そん時にメモアプリ使えよ」

やっぱり、話せって言わないんだな。

私は夏樹くんに、入学式の時も同じ言葉をかけてもらった。

みんなはなんで話さないのか、喋らないのかと私を責める。でも、夏樹くんは話す手段ができても話したい時でいいと言ってくれる。

それが純粋にうれしいと思った。素直にその言葉が胸に落ちてきて、心がふわりとする。

——何か、返したい。

でもまた、あの時のようにバカにされて蔑まれたら?

それが怖いけど、せめて何か一言でも返したい。そう思った私は、さっそくメモアプリで文字を打ってみる。

「ん?」

スマホを操作しはじめた私に気づいて、夏樹くんが手もとをのぞき込んできた。

《イチゴチョコ、おいしい》

打ち終わると、おずおずと彼に画面を見せた。

いきなり何を話せばいいのか話題が浮かばなかった私は、くだらないと笑われるかもしれないけれど、ささいな気持ちを伝える。

まだ、人にどう思われるかが気になって怖い。

けど、こうして私の言葉を待ってくれている人がいるのなら、当たりさわりのない言葉からでもいい。少しずつ、伝えていけたらいいな。

「イチゴチョコ……おいしい？」

私の文字を復唱した夏樹くんの顔は、それはもう漫画みたいにキョトンとしていた。

ああっ、変なことを言ってしまったのかな。

不安になっていると、夏樹くんは「ぶはっ」とふき出す。

「そうか、うまかったか！」

「あっ」

破顔《はがん》する彼に、不覚にも目を奪われた。

人間らしい素の夏樹くんを見た気がして、木々が揺さぶられるような気持ちになる。

「ぶぶぶっ、くくっ……」

夏樹くんはツボに入ってるのか、笑い続けている。

私ははずかしくなって、また文字を打つと、夏樹くんの目の前にスマホの画面を突き出した。

《笑わないで！》

「おう、我慢す……ぶはっ」

耐えきれずといった様子でふき出す彼を、私は無言でジロッとにらむ。

「やっぱ無理だわっ、ははっ！」

我慢どころか、大爆笑してるじゃん。

腹が立った私は、いっこうに笑いやまない彼のお腹を軽く殴《なぐ》った。

「うっ、腹はやめろ、腹は……」

大げさだな。そんなに強く殴ってない……はず。

でも、お腹を押さえながらも夏樹くんは楽しそうだった。

「ほれ、もう一個やるよ。ご利益《りやく》ある夏樹チョコレートをプレゼントだ」

《自分で食べる》

「殴った罰《ばつ》として、俺が食べさせる！　言っとくけど、冬菜に拒否《きょひ》権はないからな」

また、夏樹くんの手が私の顎にかかる。そして、口内に放り込まれたチョコレート。

ううっ、はずかしい。なのに、素直においしいと思ってしまう私って……単純かも。

「俺の非常食だけどな、冬菜にはなんでもやるよ」

ニカッと笑う夏樹くんの笑顔、口の中に広がるイチゴチョコレートの味。

そのどれもが、傷ついた心に染みわたるように広がっていくのを私は感じていた。

きみが連れてく、ネバーランド

一限目の授業をサボった私と夏樹くんは、一緒に教室へ戻った。今は授業の合間の十分休憩だからか、やたらと教室が騒がしい。

「うわぁーん！　ごめんねっ、冬菜ちゃん！」

「あ、うっ！」

教室の入り口で待ちかまえていた相沢さんに、体当たりする勢いで抱きしめられる。うしろに数歩よろけながら、その体を支えると、目に涙をためた相沢さんの顔が眼前に迫った。

ど、どうして泣いてるの？

急に泣かれた私は、ギョッとして目を見開く。

「琴子、空気読めないってよく言われるの」

えー、待って。なんの話？

「冬菜ちゃんのこと、傷つけちゃったぁーっ」

「うぐっ」

苦しい……。相沢さんの腕で私の首が締まってる。

そんな私を見た夏樹くんが、青い顔をしてあわてて口を開いた。

「おい誠、とりあえず琴子を引きはがせ！　冬菜が窒息《ちっそく》死する！」

「あーはいはい。琴ちゃん落ち着いてー、どうどうー」

どうどうって……、馬を落ち着かせる時にする声かけなんじゃ？

「ふしゅー、落ち着いたぁ。誠くん、ありがとっ」

お、落ち着いたんだ……。もう、この人たちってわけがわからない。

今まで出会ったことのないタイプの人たちばかりで、どう接していいのか戸惑う。

気づけば、どんどん彼らのペースに巻き込まれていて、まるで嵐のようだ。

「戻ってきて安心したよ、大丈夫？」

「あっ……」

今度は貝塚くんに声をかけられた。

視線を向けられて体がこわばる。「大丈夫」、そう言おうとしたけれど、やっぱり声が出ない。

——見られてる。

意識すると喉が締めつけられるみたいに。まるで呪いのように、私から言葉を奪っていく。

「うっ、あ……」

どんなにがんばっても話せない現実に、私は静かにため息をこぼす。

できないってわかってて、どうしてやろうとしたんだろう。今までの私なら、最初から諦めていたはずだ。

「えーと、冬菜ちゃん？」

あぁ、貝塚くんが不審がってる。

さっき夏樹くんと話してる時は、あの笑顔につられてか、もっと自然に表情が作れていたのに、今は顔が陶器《とうき》に作り変えられたみたいに動かない。

でも、ここで私が何かを言えたとして、みんなはどう思うだろう。

普段一言も声を発さない私が突然話したりしたら、絶対に注目される。

何を言われてしまうのか、想像すればするほど呼吸さえ苦しくなっていった。

「くっ、う……」

こんな生活、いつまで続くんだろう。

やっぱり、誰かと話そうなんてバカな考えだったんだ。

無理に決まってることを、しようとするから苦しむというのに、私は懲《こ》りずに過去の過《あやま》ちを繰り返そうとしている。誰かとまたわかり合いたい。そんな叶《かな》いもしない願いを抱いてしまったのは、夏樹くんのせい。

きみだけが私を——ひとりの人として見てくれたから。

「おい、冬菜?」

私がじっと見つめていたからか、彼は不思議そうに首を傾《かし》げる。

なんで自分だけが、できないのだろう。

こんなあたりまえのことなのに、私が弱い人間だからだろうか。

心が石のように冷たく、空虚《くうきょ》になっていく。

こんな思いをするくらいなら、ずっと空気のような存在でいる方が楽だった。そうすれば、喋れない自分に失望することもないから、傷つかずにすんだのに。

「うっ……」

あまりの胸の苦しさに、小さく悲鳴を上げた。

後悔するばかりの自分が情けなくて、消えてしまいたくなる。

大人になれば自然に治る。そう言われている場面緘黙症だけど、こんなんで本当に治るの?

あぁダメだ、また負《ふ》のループに入る。閉ざしていた感情の扉を開けば、うれしさや楽しさといった温かい感情以上に、辛い感情も心の中に入り込んでくるから嫌だ。

「冬菜、大丈夫だ」

夏樹くんが、ふいにそう言った。

「っ……え？」

弾《はじ》かれるように顔を上げれば、私の肩に手を置いて目線を合わせてくる夏樹くん。

あれ、おかしいな。いつもなら家族以外の人に近づかれるのも、触れられるのも、体が緊張でガチガチになってしまうのに、夏樹くんだとそれが……ない？

自分の変化に思い惑っていると、彼の生き生きと輝く瞳と目が合う。夏樹くんは、私を安心させるようにニカッと笑った。

「ほら、メモアプリがあんだろ」

「……あっ！」

そういえば、さっき夏樹くんがダウンロードしてくれたんだった。

すぐに胸ポケットからスマホを取り出して、文字を打つ。

しかし、打っている途中で、話せないことを打ち明けることにためらいが生まれた。必然的にスマホを操作する指が止まる。

話せないってこと、それを知られることが怖い。私が普通の人間じゃないことを知られたら、またイジメられるのではないかと不安がふくれ上がる。

スマホを握りしめたままうつむくと、その手に彼の手が触れた。

「全部じゃなくていい、冬菜が話したいと思ったことを話せばいいんだ」

「え……」

私が話したいこと……？

それってなんだろう、と彼の言葉に素直に思考を巡《めぐ》らせている私がいる。

「みんな、少なからず隠してる思いがある。冬菜が話すことをためらうのは、おかしなことじゃないし、後ろめたさを感じることもない」

夏樹くんの言葉は、それだけで私の心を救ってくれた。

私が話せないことは、みんなが本心を言わないことと同じ。遠回しに私がみんなと同じなのだと、そう言ってくれているようで思わず泣きそうになる。

それでも涙がこぼれないよう、静かに瞼《まぶた》を閉じて引っ込むのを待った。

「もっと早く、お前に言ってやりたかったよ」

「………………」

夏樹くんの切《せつ》なげな声に、私は心の中で首を横に振る。

今の一言だけで、十分だよ。きみが私にくれた言葉は、ずっと誰かにかけてほしかった言葉だったから。

ゆっくりと目を開けて、私は夏樹くんを見つめた。その瞳に映るのは、決意した私の凛々《りり》しい顔だった。

「冬菜……そうか、がんばれ」

まるで、私の心を読んだかのようにエールをくれる。

私、がんばるよ、夏樹くん。

そんな返事を込めて彼をじっと見つめ返したあと、私はくるりと振り返る。

もちろん、貝塚くんと相沢さんに私の気持ちを伝えるために。

《ごめん、話せないの。貝塚くんと相沢さん、気を遣わせてしまってごめんなさい》

私のメモを見たふたりは、お互いの情報を吟味《ぎんみ》するように顔を見合わせている。

「なんかワケありってことね」

「ふむ……琴子、難しいことはわからないけど、ひとつだけわかったことがある」

わかったことって、なんだろう……？

相沢さんの答えを緊張の面持《おもも》ちで待つ。

「琴子、相沢さんってキャラじゃない！」

えっ――なんの話？

深刻な顔で悩んでいた彼女の口から発せられた言葉は不可解で、一瞬自覚するくらいには間抜けな顔をしてしまったと思う。

「可愛く琴子ちゃんって、呼んでほしいなぁ～」

何を言い出すかと思えば、わかったことってそれ？

いや待てよ、場を和ませようとしてくれた気遣いだったりして……。

人付き合いをことごとく避けてきたために、私は相沢さんの真意がどこにあるのかがわからないでいる。いわば、未知なる生物との遭遇《そうぐう》。

「琴子、さん付けだと虫唾《むしず》が走るんだもん」

虫唾って……かなり極端な感想だなと私は苦笑いする。

「琴ちゃん、そこは鳥肌くらいにしとこうよ」

鳥肌……も、あんまり意味変わらないし、この調子だと気遣ってくれたわけではなさそう。

思ったまま、心の声を言葉にしている気がする。

夏樹くんの言った通り、裏のない人たちなんだな。

「お前の彼女、頭のネジどっかに落としてきたみたいだぞ」

夏樹くんは、なんとかしろと言わんばかりに貝塚くんを肘でつついた。

「なんで？　このネジの飛びっぷりが愛くるしいじゃない」

貝塚くんは夏樹くんの毒舌に痛くもかゆくもないという風に、ニッコリと微笑んでとぼけた。強靭なハートの持ち主だと思う。

「……お前も落としたのか、頭のネジ」

あまりのバカバカしさに頭を抱えたい気分だよ、という彼の心の声が聞こえてきそうなほどに、あきれた顔をしているのが見て取れる。

たしかに、貝塚くんの溺愛《できあい》ぶりはすごい。

それを遠目に見つめながら、フリーダムな人たちだなと思う。

夏樹くんが普通の人に見えてくるあたり、相沢さんと貝塚くんがいかに個性的なのかを思い知らされた。

「とにかく、琴子のことは琴子ちゃん」

「俺は誠くんね」

「『リピートアフタミー?』」

ふたりの声が双子のように見事にハモった。

呆然と立ちつくしていると、夏樹くんの手がポンッと私の頭の上に乗る。触れた体温に、心臓がドキリと静かな音を立てて跳ねた。

「面倒《めんどう》だから適当にうなずいとけ、面倒だから」

〝面倒〟って、二回言った。

とりあえず夏樹くんの言う通りにしておこうと、私はふたりにうなずく。

陽だまりのような夏樹くんの周りには、琴子ちゃんや誠くんといったやっぱりまぶしい人たちが集まっていた。こうして話していると、少しだけ仲間になれたような気がして孤独感が薄れた気がした。

放課後、部活に所属していない私は教室で帰り支度をしていた。

そんな時、開いた窓からふわりとふき込んだ春のそよ風に誘われて、窓の外へ視線を向ける。

校庭も学校の周りに立ち並ぶマンションも、校舎も教室にいる私も、頭のてっぺんから髪の先端に至るまでが赤く染まっていた。

燃えるように赤い、鮮やかな夕日の光に世界は包まれている。

桜は散ってしまったけれど、風はまだ心地よい暖かさだった。目には見えなくても、風が春を教えてくれている。

そんなことを考えていると、ざわついていた教室の音も自然と意識から離れて遠くに聞こえた。

「冬菜、何してんだ？」

ふいに声をかけられて、私は振り返る。

スクールバッグを肩にかけて、少し首を傾《かたむ》けるように夏樹くんが私を見つめていた。

なんてことない、ことだよ。

ただ、世界を染め上げる夕日に目を奪われていただけ。ただ、風を感じたかっただけだから話すほどのことでもないと、私は首を横に振った。

「あんな、冬菜」

ズイッと夏樹くんが顔を近づけてくる。

鼻先が、吐息《といき》が、触れてしまいそうなほど近い距離に動悸が速まり、呼吸がわずかに乱れた。

「あっ」

な、何?

彼がどうしてこんなに近づいてくるのか、内心パニックを起こしていると——。

夏樹くんは少し怒ったように、私の鼻を人差し指でつついた。

「ささいなことで、いいんだよ」

「う……え?」

夏樹くんの言葉の意味がわからず、問うように見つめ返す。

恨み、妬《ねた》みといった黒い感情をどこかに捨ててきてしまったかのように、澄んだ瞳だなと場違いなことを思った。

「可愛い花を見つけたとか、空が綺麗だったとか。冬菜が感じたもの、全部俺に教えろよ。俺はどれも知りたい」

「っぁ……」

なんでだろう……。今、ものすごく泣きたい。

「俺の知らない冬菜のこと、教えてくれよ」

——私を知ろうとしてくれた。

それは、真っ暗な広い世界に取り残されていた私を照らす光のようで。

優しくされることには慣れてないから……戸惑ってしまう。

今までなら自分の気持ちを抑え込んで、何も感じていないようなふりができたのに、私は弱くなってしまったみたい。

夏樹くんの優しさが、私の凍りついた心をじんわりと溶かしていく。

懐柔《かいじゅう》されていくようで、心許してしまいそうになるのを恐ろしく思いながら、なぜか前みたいに離れようと即決することはできなかった。

その考え方の変化に、私はまた〝なぜ？〟と自分に問いかける。

私は……この人と離れたくないって、思っているのかな。

「冬菜、このあと暇？」

このあとは、とくに何もない。家に帰るだけだ。

どうしてそんなこと聞くのかと首を傾げれば、彼が私の手をつかんで軽く引いた。

「俺について来いよ。ぜったい、後悔させねーからさ！」

「あっ」

――急に手、つかまれた！

驚いている間にも、夏樹くんはどんどん私を引っぱる。

春の嵐にさらわれるかのように、問答無用《もんどうむよう》でどこかへと連れていかれる。

「ほら、行くぞ冬菜！」

本当、強引なんだから。

どこに行くつもりなのか、不安はあった。

けれど、夏樹くんの楽しそうな顔を見たら、私はついうなずいてしまうのだった。


夏樹くんに連れてこられたのは、学校から十五分ほど歩いたところにある駅前のショッピングモールの二階。

「わんわんっ」とか、「にゃおーん」とか、にぎやかな鳴き声が聞こえるそこは、ガラスケースをのぞき込む人々をつぶらな瞳で見つめ返す犬や、カリカリとマットを引っかく猫で溢れている。

——か、可愛いっ！

私は夏樹くんが隣にいるのも忘れて、飛びつくようにガラスケースに張りつく。

その愛くるしい仕草《しぐさ》を眺めるだけで、自然と顔がほころんだ。

なにここ、天国だ……。

一気にテンションが上がる。

周りを見れば、ここにいるお客さんの全員がガラスケースを熱心に見つめている。

それを見て、この高揚《こうよう》感を感じているのは私だけではないのだとわかった。

動物は、モフモフしていて好き。すごく、可愛い。

まさか、行き先がペットショップだったとは思わなかったな。

「お、冬菜の目キラキラしてんな」

あっ、夏樹くんと一緒に来てたの、すっかり忘れてた。

「ううっ……」

おかしそうに、それでいてうれしそうに私を見る彼にはずかしさがこみ上げる。

やだ、夏樹くんの前ではしゃぎすぎた。

誰かの前で、表情なんて作れないはずだった。

なのに、羞恥《しゅうち》、困惑、喜びといった複数の感情が入り混じり、胸のうちに広がっていくと、なんともいえない複雑な顔になるのが自分でもわかった。

私はいったい、どうしてしまったのだろう。

変わっていく自分に感じるのは、解放感と不安の両方だった。

「『わんにゃんクラブ』、俺のバイト先なんだ」

「っ、え！」

夏樹くん、ペットショップでバイトしてたの⁉

なんか、意外かも。どちらかというと、カフェとか高級レストランとかでウエイターでもしていそうなイメージだ。

かっこいいってウワサになって、女の子の常連さんがいっぱい来るような華やかなバイトをしていそうだったから、ペットショップは予想外で驚いた。

「夏樹どうした、今日は休みだろう？」

ふいに声が聞こえて、私は顔を上げる。

「あ、琉生《りゅうせい》。今日シフト入ってたんだな」

夏樹くんに声をかけたのは、サラサラな黒髪にキリッとした目もとが知性を感じさせる、大人っぽい雰囲気の男の子だった。

『わんにゃんクラブ』と書かれたピンクのエプロンをつけており、夏樹くんのバイト仲間だということがわかる。

可愛らしいエプロンと、大人っぽい琉生くんとはギャップがあった。

夏樹くんと同い歳くらいかな、タメ語だし。

知らない人の登場にソワソワしている私をよそに、ふたりは会話を続けている。

「今日はプチ動物園を観光しに来たってところだ」

悪びれず、休みにペットショップを遊び場にする夏樹くんに、琉生くんはあきらかに渋い顔をした。

「ここは、ペットショップだぞ。動物園にするなよ、勝手に」

「あのな、琉生。気持ちの持ちようで、人はどこにでも行けんだよ」

「なんの話だ、なんの……」

額《ひたい》に手を当て、あきれている琉生くんを無視した夏樹くんは、レジ裏の棚からエプロンを取り出す。

「抱っこすると制服に毛がつくから、これつけてな」

「あっ……」

夏樹くんが、スポッと私の頭からエプロンをかぶせてくれた。

男の子にこうして世話を焼かれるのは、まるで自分が幼い子供にでも戻ったようで気はずかしい。

夏樹くんはただエプロンをつけてくれただけなのに……。

私ってば、なにドキドキしてるんだか。

でも、夏樹くん相手だと甘えてしまいたいと思ってしまうから不思議だ。

「コイツは斉藤《さいとう》琉生。俺のバイト仲間で、俺らの隣のクラスなんだぜ。そんでもって、めちゃくちゃ頭がいい。テストの時は勉強ノート貸せよな」

「初めまして、琉生です」

琉生くんは夏樹くんの俺様発言をサラリと無視して、やわらかい笑みを浮かべると私に向かって丁寧《ていねい》に頭を下げてきた。

「っ……あ……」

夏樹くんの友達なのに、失礼な態度をとるわけには……。

何か言わなきゃと、焦れば焦るほどやっぱり言葉は出ない。まだ話せないことに絶望しながら、私は会釈《えしゃく》で返した。

「夏樹のバカには貸さないけど、きみには貸すからね」

話さないし、笑わない。愛想が悪いように見えたはずなのに、琉生くんが気にしている様子はなかった。

優しい人だな……隣のクラスってことはB組だよね、見かけたことないな。

――ううん、あたりまえだ。

本ばかり読んで、入学してから誰の目も見ようとしなかった。ただ文字の羅列を眺めるだけ、ぼんやりと授業に参加して帰るのルーチンワーク。

私がいかに世界を閉ざしていたのかを、痛感した。

「きみのことは見かけたことあるな。入学してそんな経ってないから、名前までは知らなかったけど」

「っ、あ……の！」

どうしよう、私も自己紹介しなきゃっ。

えーと、そうだ。あのメモアプリ！

ハッとする私に、夏樹くんが相槌《あいづち》を打つように笑いかけてくれる。

「あ……」

それだけで、からりと空が晴れるように心の靄《もや》が消えた気がした。

夏樹くんの笑顔に背中を押されるように、さっそくメモアプリを活用する。

《原田冬菜です》

「えっと……筆談《ひつだん》？」

あっ……変に思われたかな。

案の定、琉生くんの顔に戸惑いの色が浮かぶ。

予測していなかったわけじゃない。今までこういう反応はあたりまえにあったことだし、最近ではいちいち傷つくなんてことなかった。

でも、夏樹くんのように理解しようとしてくれる人もいるのだと知って、誰かを信じたいと思うようになってから、受け入れられないことが辛いと思うようになった。

私が落ち込んでうつむいた時、「これが冬菜の声なんだよ」と夏樹くんの声が私の頭上から優しく降り注ぐ。

顔を上げれば、夏樹くんが私の頭に手を置いた。

「話す手段なんてなんでもいいだろ、伝われば」

夏樹くん……。

触れる手が大きい、体温が優しい。不思議と、守られているような気になる。

そっか、気持ちを伝える手段なんて選ばなきゃいくらでもあったんだ。私が勝手に諦めて他の方法を試さなかっただけ、怖がって歩み寄ろうとしなかっただけ。

「なんとなく状況は理解した。改めてよろしく、冬菜ちゃん」

差し出された琉生くんの手に、自然と体がこわばる。

落ち着け、落ち着け、落ち着け……！

「うっ……」

せっかく、握手を求めてくれてるのに、なんで動けないのっ。

そんな自分にいらだって、洪水《こうずい》のように溢れてくる悲しみの感情に溺れる。

いっこうに動けないでいる私の前に、ふと夏樹くんが立った。

「よし、よろしく！」

彼は私の代わりに、琉生くんの手を握っている。

「……は？」

琉生くんは素《す》っ頓狂《とんきょう》な声を上げた。

え……何してるの、夏樹くん。

夏樹くんの謎《なぞ》の行動に、私と琉生くんはポカンとしてしまう。

「夏樹、この手はなんだ？」

「何って、握手だよ」

「夏樹と握手してる理由を、俺は聞いてるんだ」

「細かいこと気にすんなって、禿《は》げあがるぞ」

「余計なお世話だ」

なんか、このふたりって……。

会話がつくづくかみ合ってないような。

それも主に夏樹くんの返答が変化球かつ、斜《なな》め上を飛んでいくせいだ。

でも、夏樹くんのおかげで私は悲しみの海からすくい上げられた気分だった。

あのまま、どれだけ時間が経ったとしても私は琉生くんの手を握ることはできなかっただろうから。

もしかして、私を助けようとして奇抜《きばつ》な行動をとったのかな？

そこまでは、深読みしすぎだろうか。

「冬菜、好きな子を指名していいぞ」

ガラスケースを指さす夏樹くんに、私は食い気味で強くうなずく。私はすぐに目の前の可愛らしい動物たちの誘惑に負けて、思考を巡らせるのを中断した。

実はさっきから、気になっていたチワワがいる。

私はやや興奮気味にその子を指さした。

「お、リュウ坊か」

……リュウ坊？

夏樹くんはチワワを見てたしかにそう呼んだ。

「コイツさ、物覚えはいいのに小屋が変わったりすると何もできなくなんの。この融《ゆう》通《ずう》のきかなさが琉生にそっくりで……って、痛っ！」

「口は災《わざわ》いの元っていう、ことわざを知っているか？」

「知ってるっつーの、なにも頭殴ることはねぇだろ！」

涙目の夏樹くんに、拳《こぶし》を握ったまま凄《すご》む琉生くん。

テンポのいい掛け合いが、お笑いコンビを見ているようでおかしい。ふつふつと笑いがこみ上げてくる。

「ふっ」

つい、歯と唇の隙間《すきま》から息が漏れた。

夏樹くんが弾かれたように私を振り向き、瞬きもせずに凝視《ぎょうし》してくる。

「冬菜……今、笑ったか？」

「あっ」

笑った……私が？

そんなわけない。もうずっと、家族以外の人に笑いかけたことなんてないのに。

信じられない気持ちで、私は夏樹くんを同じようにじっと見つめ返す。

「琉生、お前も見たよな!?」

「なに、そんなに驚いてるんだ？　笑うくらい普通だろう」

琉生くんは腕組みをしながら、怪訝《けげん》そうな顔をする。

「き、貴重なんだよ！」

夏樹くんは興奮したように、その場で跳ねた。

「よくわからんが……俺もこの目で見たぞ」

困惑気味に肯定《こうてい》する琉生くんは、お客さんに呼ばれてレジの方へ戻っていく。

その背中を見送りながら、呆然と考えた。

えっ……てことは私、本当に笑ってたってこと？

確かめるように、ペタペタと顔に触れてみる。

仮面のように動かない、冷たく無機質《むきしつ》なこの顔が人前で笑ったということが、いまだに受け入れられなくて、迷うように夏樹くんを見つめた。

「やべぇー、うれしすぎる！」

私が笑ったことを喜ぶ夏樹くん。

他人のことでこんなにも喜べるものなのだろうかと、彼の純真さに驚かされる。

でも……夏樹くんがうれしそうだと、私の心にも花が咲く。ふわりと暖かい春を連れてきてくれて、あせた心が彩《いろど》りを取り戻していくような気がするんだ。

「よし、もっと笑わせてやるからな」

張りきった様子の夏樹くんが、私の胸にリュウ坊を押しつけてくる。ふわふわの毛が頬をくすぐり、自然と口もとがゆるんだ。

「冬菜のこと、もっと癒してくれよな……」

私の顔を見つめて、うれしそうな顔をする夏樹くん。その瞳にほんの少しの切なさも混じっているような気がしたのは、見間違いだろうか。

彼を見ているとと穏やかな気持ちだけでなく、胸がざわついて落ち着かなくなる。

どうして夏樹くんは、こんなにも私に優しくしてくれるのだろう。

それが、不思議でしょうがなかった。

「そんで俺にたくさん、笑ってみせろ」

「っ……」

夏樹くんのまとう空気、言葉、仕草。そのすべてが温かく優しい。

やっぱりこの人は、太陽みたいだ。

ただ、その瞳の中に垣間《かいま》見える影が気になった。

「冬菜、動物なら何が一番好き？」

夏樹くんは隠しているつもりでも、わかってしまう。私も辛いことから目を背けるために、笑顔の裏に隠そうとしていた頃があったから。

《犬！》
けれど、私は知ることから逃げるようにスマホで文字を打って、そう答えた。
踏み込んで傷つけることが怖い私は、夏樹くんの嘘に甘えたのだ。
――私はやっぱり、弱虫だ。
真正面から、きみにぶつかることを恐れた。
「お、わかってんじゃん。俺も犬が一番好きだ」
好き……。
もちろん私に向けたものじゃないことは、わかってる。
ただ、胸がドキドキ、ザワザワするんだ。
《私の家、犬を飼ってるの》
高鳴る心臓の音をごまかすように、彼に話題を振り続ける。
「え、初耳だわ、何犬？」
《チワワとプードルのミックス》
初耳って……誰にも話したことないからね。
自分のことを話すのは、何もかも夏樹くんが初めてだった。
彼相手だと強がりで固めた鎧も簡単にはがれて、自分のことを自然に話してしまう。
「そんなミックスいるのか！　え、写真ねぇの？」

乗り気で話を聞いてくれる夏樹くんも、私との会話を楽しんでくれているみたいでうれしくなった。

《うちの子、ベリーっていうの》

スマホ画面をのぞき込んでくる彼に、私もウキウキしながら愛犬の写真を見せた。

「やべっ、愛くるしいな！　あんな、俺の家にもゴールデンがいてさ……」

今度は夏樹くんがポケットからスマホを取り出し、ゴールデンレトリバーの写真を見せてくる。

——か、かっこいいっ。

この子に抱きついたら、モフモフで幸せだろうなぁ。

そんな妄想《もうそう》で幸福感にひたっていると、ふと腕に触れる夏樹くんの体温に急速に意識をもっていかれる。

トクンッと密《ひそ》かに騒ぎだす心臓の鼓動に、これ以上大きくならないでと願った。

そういえば、夏樹くんとはやたら距離が近くなるな。

でもそれを不快に思ったり、過度に緊張したりするようなことはなかった。

初めから彼の隣が自分の居場所だったみたいに、心が安らぐ。

《名前は？》

「ルディーっていうんだ、ちなみに男」

《うん、凛々しい顔してる》

「だろー?」

あ、なんか今すごく楽しいかも。

こんな風に誰かと話したのは久しぶりだった。夏樹くんといると、私の世界は百八十度変わる。色づいて、鮮明になって、輝いて見えるんだ。

しばらく、お互いの愛犬トークをしていると夏樹くんが「リュウ坊の飯がそろそろだな」と言って立ち上がる。

「ここで待ってろ」

私は返事の代わりにコクリとうなずいた。

リュウ坊を私に預《あず》けて、夏樹くんはご飯を取りに裏の控え室へと行ってしまう。

夏樹くんがいないだけで、なんだか心細くなる。

急にリュウ坊と私だけになり、春なのに寒さを感じた気がした。

そんなさびしさを埋めるように、私はリュウ坊を見つめて「これからご飯だって」と心の中で声をかけてみる。

思いが通じたのか、「わふっ」っと吠《ほ》えて答えてくれるリュウ坊。

喋れない私の気持ちを、動物はなんとなく感じ取ってくれるから好き。

この人を知ろうって気持ちが、あるからなんだと思う。

損得勘定《そんとくかんじょう》で関係を築く人間より、ずっと綺麗な生き物だ。

しばらくリュウ坊と見つめ合っていると、「あれ、夏樹いなくなった？」と先ほどまでレジの対応をしていた琉生くんが隣にやってきて尋ねた。

《リュウ坊のご飯取りにいった》

私が緊張しながら画面を見せて説明すると、琉生くんは深いため息をつく。

「アイツは……彼女をほっておいて、なんで休日出勤してるんだ」

えっと、彼女……彼女⁉

もしかして私のことだろうか、と目を見張った。そんな私に気づいた琉生くんが「え、違った？」と驚きの声を上げる。

——琉生くん、勘違いしてる！

すぐさま間違いを修正すべく、今まで史上最速で文字を打つ。

《彼女じゃない、友達！》

「仲よさそうだったたし、てっきりそうだと思ったんだが……」

仲よさそう……。

たしかに、夏樹くんとは打ち解けられていると思う。彼と話すのは、私自身すごく楽しかった。

でも、そう思うのは……危険だ。

その人が大切になればなるほど、失った時の痛みはとてつもなく大きいから。

私、だんだんガードがゆるんできてるかもしれない。

そう思って、複雑な気持ちになる。

望まないと、決めたのに。もう傷つきたくないから、孤独を選んだのに。

どうして今日、私は夏樹くんについてきたりしたんだろう。

視線を落とすと、琉生くんの指から血が出てることに気づく。

「あっ」

気づいたら、その手をつかんでいた。

「わっ！　あ……俺、いつの間に切ったんだ？」

私の行動に驚きながら、琉生くんは怪我《けが》に気づいたようで納得したような顔をする。

確か、絆創膏《ばんそうこう》がバッグの中に……。

私はスクールバッグを床に置くと、中をあさって絆創膏を見つける。そして、無心でその指に貼ってあげていた。

「あ、ありがとう……」

その人差し指をまじまじと見つめる琉生くん。

続けて、「優しいんだな」と琉生くんは頬を少し赤らめてはにかんだ。

「………」

優しいだなんて……。

ただ、私が見ていられなかっただけだ。

無言で否定するように首を横に振ると、琉生くんは私に向ける笑みを深める。

「謙遜《けんそん》してもいいけど、これは俺が冬菜ちゃんに感じた気持ちだから、本心だよ」

なんか、琉生くんから向けられる視線にむずむずする。

ほめられ慣れていないせいか、琉生くんの称賛《しょうさん》が恐れ多くて、今すぐ逃げ出したいような、そんな気持ちになった。

「おい、冬菜にちょっかい出したら許さねーぞ」

私たちの間に、リュウ坊のご飯を持った夏樹くんが割り込んできた。

「つか、なに手ぇ繋いじゃってんだよ」

「嫉妬《しっと》か、夏樹」

「いいから手ぇ離せ。そんでもって、お前はこれでも食ってろ」

そう言って琉生くんに押しつけたのは、リュウ坊のご飯。

それをげんなりとした顔で受け取る琉生くんは、「はいはい」と言って少し離れた場所にあるゲージにリュウ坊を連れていく。ゲージの柵《さく》は上が開いている周りを囲っただけのもので、そこで琉生くんがご飯をあげはじめると、お客さんがわらわらと集まり、リュウ坊をのぞき込んでいた。

「冬菜も、浮気してんなよな」

なっ、浮気って……何を言ってるんだ、夏樹くんは。

そもそも、私と夏樹くんは付き合ってないのだから、浮気とか成立しないのでは？と疑問に思う。

「手ぇ握るなら、俺のにしとけ」

夏樹くんが「ほら」と急かすように私に手を差し出す。その不貞腐《ふてくさ》れたような言い方に、胸がキュッとなる。

い……いやいやいやっ。

改めて手を差し出されると、意識するからはずかしい。

どうして、こんな流れになったのかと頭を抱えたくなった。

「琉生はよくて、俺はダメか？」

「うっ……」

その聞き方は、ずるいと思う。私はなぜか、夏樹くんのお願いを断れないから。

私がイジメているみたいで、いたたまれなくなって仕方なく折れる。

彼の骨ばった手に、はずかしさをこらえながらポンッと手を乗せた。

「冬菜はさ……無防備すぎんだよ」

その手をギュッと握られる。

え……？　だって、夏樹くんが手を握れって言ったのに。

夏樹くんの言葉と行動に翻弄《ほんろう》される。

なのに夏樹くんは余裕そうで、あわてているのが私だけなのだと思うと少しだけさびしくなった。

「簡単にさわらせんなよ。男はみんな、甘い顔してどうしようもない妄想ばっかしてんだから」

どうしようもない妄想って……。

そんな疑問を言葉にした瞬間、心停止してしまいそうで聞けなかった。

「……俺だけにしとけ、な？」

夏樹くんは私をまっすぐに見つめていた。だんだん、その瞳の奥まで吸い込まれそうな錯覚に陥《おちい》る。

《なんで、夏樹くんはいいの？》

素直に気になったことを聞いてみる。

夏樹くんだって男の子だ。

きみがよくて、他の人じゃダメな理由を私は知りたい。

そんな、強い衝動に突き動かされる。

「俺はいいんだよ、だって俺は……」

一瞬、その瞳が遠くなった気がした。

「冬菜が心から笑えるまで、守るって決めてるから。そこら辺の男より断然安全だ」

私を守るって、どういう意味？

私が戸惑っていることに気づいてか、彼は困ったように笑った。その笑顔が痛々しく思えて、私は夏樹くんから視線をそらせなくなる。

「冬菜のことは誰にも……俺自身でさえ、傷つけさせない」

夏樹くんの自分自身にも傷つけさせないなんて言い方が、心に引っかかった。

それじゃあまるで、夏樹くんが私を傷つけるみたいに聞こえる。

なんて、考えすぎなんだろうか。

私が黙り込んで、無限の思考迷路を彷徨《さまよ》いかけた時――。

「……よし、リュウ坊と遊ぶか！」

夏樹くんが沈黙を強制終了する。

彼はご飯を食べ終えたリュウ坊をゲージまで迎えにいき、抱えあげると、私のところへ戻ってきた。

助かった……。正直、何を言えばいいのか困っていたところだった。

というより、夏樹くんの言葉に隠された真意がわからない。

時折、純粋でまっすぐな彼がつかみどころのない陽炎《かげろう》のように見える時がある。

きみは今、何を想い、考えているのだろう。

見えない夏樹くんの心を、知りたいと思った。

「ほら、リュウ坊も冬菜のこと待ってんぞ」

自分の胸の中に渦巻《うずま》く、言いようのないモヤモヤ感を押し込めて、私は彼にうながされるようにコクンッとうなずく。

リュウ坊を抱きしめながら、今日も私はきみの嘘にだまされたふりをするのかと罪悪感がわいた。

「なぁ冬菜、楽しいか？」

楽……しい？

そう思うこと自体が久しぶりで、自分の気持ちがはっきりわからない。

けれど、夏樹くんがくれた放課後からの数時間。それは変わりばえのない、いつもの見慣れた毎日とはあきらかに違った。

そう、まるでネバーランドに来たみたいに世界が色づいて見えた。魔法にかけられたように、キラキラと輝いているんだ。

《夏樹くんは、ピーターパンみたい》

「ピーターパン？　俺が？」

《夏樹くんと一緒にいると、胸にドキドキとワクワクが溢れてくるんだ》

気づけば、そう文字を打って夏樹くんに見せていた。

今、私の感じている気持ちに答えがほしかったからかもしれない。この温かくてむずがゆい、時々熱をもったこの感情がなんなのか、教えてほしかった。

「そっか……俺のしたことで冬菜が笑顔になれるんなら、いつだって連れ出すよ」

その言葉の通り、夏樹くんは私の閉じ切った心の窓を盛大に開け放った。ニッといたずらっぽく笑って、手を差しのべてくるんだ。

〝ほら、一緒に行こうよ。世界は広く、まだ見たことのないような美しいモノで溢れてるよ〟、なんて……。

そんなキラキラした言葉を重ねて、私の心を少しでも外へ誘おうとする。

永遠に明けない夜が続いたとしても、きみがいればきっとさびしくない。

だって、私はもう孤独じゃないから。

「ピーターパン、上等じゃねーの。冬菜が楽しいって思える時間を俺がこれからたくさんプレゼントしますよ」

わざとらしくお辞儀《じぎ》してみせる夏樹くんに、つい笑みがこぼれた。

それなら、もうもらってるよ……。

ずっと、この真っ暗な世界から連れ出してほしかったのかもしれない。

だけど、外の世界は悪意に満ちているから怖くて、踏み出せずにいた。

多分私は、こうして手を引いてくれる誰かを待っていたのかもしれない。

それが……きみだったんだね。

「魔法は使えないけど、冬菜を笑顔にする。俺のもてるすべての力を使って絶対に」

「あっ……」

そう言った彼の顔は少し翳《かげ》っていて、私は視線をリュウ坊へ落とした。

夏樹くんは、いろんな表情をする。

楽しそうな顔、怒った顔、悲しそうな顔。

わかりやすい表情ばっかりなのに、ふいに痛みをこらえるような顔をする。

それが、どういう意味をもつのかがわからない。わからなくて、胸が締めつけられるように苦しくなる。

ぼんやりとしていると、「ワンッ」とリュウ坊の抗議するような鳴き声が聞こえてハッとする。

「あっ！」

いけない、リュウ坊がいたのに考え事してた。

私は「ほっといて、ごめんね」という思いを込めて、その毛並みをなでる。

――ねぇ、リュウ坊。

そのクリクリした大きな瞳を見つめて、心の中で問いかける。

言葉がなくてもこうやって、見つめ合うだけで気持ちが伝わればいいのにね。

そうしたら、夏樹くんの気持ちも少しはわかるようになるのかな。

どう思う？　返事をしてみて……なんてね。

こんなバカみたいなことを考えてしまうのは、言葉がなくても心で繋がることができるって証明したかったからかもしれない、そう思った。

Chapter 2

雨に癒し、奇跡に笑う

六月。のっぺりとした灰色の雲から、まっすぐに落ちてくる銀色の雨。
関東は先週から、例年より早い梅雨入りをしたとニュースが伝えている。
雨に濡《ぬ》れた靴下が、ジメジメして気持ち悪い。
それに耐えながら、下駄箱で上履《うわば》きに履きかえていると——。
「はよ、冬菜！」
ふいに声をかけられて顔を上げれば、笑顔で片手を上げている夏樹くんがいた。
彼は片手で濡れた前髪をかき上げながら、私の隣で下駄箱を開けている。
「……あっ、う……」
おはよう、そう言いたいのに……。
上履きに履きかえている夏樹くんの横顔を見つめながら、今日も声は出ない。
だけど、彼を見て過度に緊張したり、体がこわばるのはだいぶ減ってきていた。
声を出すのはまだ無理そうだけど、私にしては大きな変化だった。
今回は仕方なく、心の中で「おはよう」と伝える。

聞こえるわけがないのに、と自嘲気味の笑みを浮かべて、ひとり先に教室へ向かおうと足を踏み出した瞬間だった。

「ん？　あぁ、おはよ」

……え？

夏樹くんは、私の心の声に返事をした。

ただの偶然だろうか、でも……夏樹くんはたまに、私の心の声が聞こえているみたいに返事をくれることがある。

もしかしたら本当に、きみにはわかるのかな？　なんて、バカなことを考えた。

「あれ、違ったか？　てっきり、俺にあいさつしてくれたんだと思ったんだけど」

「――あっ！」

やっぱり、私の言いたいことに気づいてたんだ！

驚きに黙り込む私の顔を、夏樹くんが首を傾げながらのぞき込む。

私はあわてて、違わないと言うように首を横に振った。

「なにキョトンとしてんだよ。言ったろ、冬菜の言いたいこと、俺にはわかるって」

そういえば出会ったばかりの時、表情を見てればなんとなく言いたいことがわかるって、夏樹くんが話していたのを思い出す。

また、顔に出ていたのだろうか。

不思議な気持ちになっていると、「そうだ」と何かを思い出したかのように夏樹くんが声を上げた。

なんだろうと彼の言葉を待っていると、その顔が少しすねたものに変わる。

「さっき、ひとりで教室行こうとしたろ」

「う、え……？」

そのことを蒸し返されると思っていなかった私は、驚いて瞬きを繰り返す。

「一緒に行くだろ、普通」

「っ……う？」

そういう、ものなのだろうか。

いつもひとりだったから、みんなにとっての普通を私は知らない。

「俺とは、他人じゃないいんだからさ」

他人じゃない、だったら私ときみとの関係は何？

クラスメート、友達、それから……。

一瞬、『好きな人』という単語が浮かんで、ドキリとした。

そんなわけないと首を横に振っていると、「冬菜」と名前を呼ばれる。それにまた、トクンッと心臓が跳ね、一瞬時が止まったかのような永遠を感じた。

「ほら、行こうぜ冬菜」

教室の方へと足を向ける夏樹くんに我に返ると、私はうなずいて一緒に教室へと向かう。

「おーい、夏樹〜」

「あ、冬菜ちゃーん！」

突然、うしろから声をかけられた。

振り向けば、誠くんと琴子ちゃんが駆け寄ってくるのが見える。

「おはよ、朝から仲よく一緒に登校？」

私たちに追いついた誠くんが、聞いてくる。

「下駄箱で会っ……」

「ラブラブなんやねぇ〜」

夏樹くんが何かを言い終える前に、琴子ちゃんは容赦《ようしゃ》なく言葉をかぶせた。

「琴ちゃん、大阪弁可愛い」

「もー、照れるからやめてよ、誠くんっ」

見事に夏樹くんを無視して、誠くんと琴子ちゃんはふたりの世界へと旅立っている。

朝から元気だな……このふたり。倦怠《けんたい》期になったり、しないのかな。

純粋に、恋人同士という関係に興味がわいた。

「俺たちに話しかけたいのか、イチャつきたいのか、どっちかにしろよ！」

「どっちもだよ。で、ふたりはいつの間にそんなに仲よしさんになったのかな？」

琴子ちゃんの好奇心に溢れた瞳に、夏樹くんはフッと意味深に笑う。

「そりゃ、ずっと前から俺らは相思相愛《そうしそうあい》だ」

——相思相愛⁉

何言ってんのこの人、と追及する意味も込めて、夏樹くんの横顔を勢いよく見上げる。

私の視線に気づいた夏樹くんは、意地悪な笑みを口もとに浮かべた。

——確信犯だ……！

私は事実を修正するため、あわててスクールバッグからスマホを取り出し、《たまたま、下駄箱で会ったの！》と文字を打って見せた。

「はずかしがることないのに～」

琴子ちゃん、違うんだよ！

そうじゃないって言っているのに、琴子ちゃんはニヤニヤしている。

——共謀《きょうぼう》犯だ……！

身体が、どっしりとした疲労感に襲われた。

「うぅ……」

「ぶはっ、焦ってやんの」

すると、夏樹くんが私の顔を見てふき出す。

えっ、焦ってる……？

今、そんな顔をしているのかと、自分の表情の変化に驚く。

「最近、表情コロコロ変わるようになったの、気づいてないか？」

「たしかに、前より小さくだけど笑うようになったしね」

夏樹くんの言葉に、誠くんもうんうんとうなずいていた。

誰かの前だと、いつも過度に緊張して表情も作れなかったのに……。

いつの間に、私は笑えるようになっていたんだろう。

「本当はもっと笑ったり、泣いたり、怒ったりしてたんだろうな、冬菜は」

夏樹くんの手が、私の頬をスルリとなでた。

それにビクッと、身体が震える。

「あ、悪い……つい、な」

震えた私からあわてて手を引くと、夏樹くんは申しわけなさそうに微笑む。

ただ、急だったから驚いただけなのに……。

なのにどうして、そんな辛そうな顔をするのだろう。

また、あの悲しみを覆い隠すような作り笑い。何が夏樹くんにそんな顔をさせてるのか、私はその理由を知りたいと思いはじめていた。

現代文の授業中。

今日教えてくれているのは、一昨日やってきた教育実習生の先生だった。

一方的に進む授業。先生の声以外に音はなく、しんとした時間が延々《えんえん》と続く苦痛の時間だった。

「じゃあ、ここの文を誰かに読んでもらいたいと思います」

ドクンッと心臓が嫌な音を立てる。

この瞬間が、いつも怖い。担任の先生には私の場面緘黙症のことは伝えてあるから、こういう時に当てられないよう配慮されている。

だから大丈夫だと、自分を安心させていたところで、「じゃあ原田さん、読んでくれるかしら」と耳を疑う一言を浴びせられた。

「っ……！」

えっ、嘘でしょう？　私が話せないこと、知らないの？

カタカタと、手が震えだす。恐れていたことが、起こってしまったと思った。

「原田さん？　どうしたの、早く読みなさい」

どうしよう、どうしよう！

みんなが見てる。早くしないと、落ち着けばきっとできるはずだから。

何度も何度も、自分に〝大丈夫〟と言い聞かせる。

とりあえず立ち上がって、教科書を手に話してみようと口を開けたのだが……。

「……あ……あっ」

だけど、やっぱりダメだった。

喉を強く締められているみたいに、声が出ない。ただ、虫の声のように小さく鳴いているだけ。

教室にまとう空気が、張りつめたものに変わった気がした。

「ねぇ、今日こそ原田さんが話すところ見られるかな？」

「無理だろ、かたくなに喋んねーじゃん」

「あたしは話すに一票！」

教室にどっと笑い声がわく。

クラスのみんなが、勝手に私のことで盛り上がっている。まるで、見世物《みせもの》小屋にでもいるような気分だった。声を失うことがどれほど生きづらいかを知らないから、平気で笑いのネタにできるんだ。

人は残酷な生き物だから、肩身《かたみ》の狭い思いをしながら日陰に生きている人間でさえ、平気で傷つける。

「私が教育実習生だからって、ふざけないで」

そんなんじゃ、ないのに……。

先生は私がバカにしていると思ったのだろう。眉を吊《つ》りあげて、静かな怒りを向けてくる。刺々《とげとげ》した感情が肌に突きささるようで、余計に身体は萎縮《いしゅく》してしまう。

「読むまで、ずっと立たせますよ」

「あ……うぅっ」

お願い、今だけでいいから声出てよ‼

自分の身体なのに思い通りにならないことが悔しくて、目に涙がにじむ。

「なんか、小学生みたいだよね」

――違うの……。

「なんで、そこまで言われて喋らないんだろう。反抗するのがかっこいいとか思ってるのかな」

違うんだよ、話したくても声が出ないんだよ。

「甘えてんなよ」

好き勝手言うクラスメート。

あぁ、この感覚……小学生の時と同じだ。悔しくて悲しくて、変わらない現状に視界がぼやける。

泣きたくない、こんなの……負けたみたいで嫌だ。

そう思うのに、心は窓の外で降る雨のように、さめざめと泣いている。

「まったく、あなたにはがっかりだわ」

先生の言葉が、みんなの笑い声が、心臓に直接刺さるみたいに痛い。

自分でどうにかしたくてもできない、話したくても話せない。

何も知らないくせに、先入観で態度が悪いと決めつけられる。

そのすべてが私をがんじがらめにして、呼吸もできなくなるほどの苦しみを連れてくるんだ。

――誰か助けて……。

苦しくて、生きることさえ放棄《ほうき》してしまいたくなる。底なしの闇の中へ落とされたかのような絶望に襲われた。

もがいてもはい上がれない。この状況を誰か変えて、私を救って――。

すがるような思いでギュッと目を閉じた、その時だった。

「理由があるって、思わないんですか？」

あるはずのない擁護《ようご》の声が教室に響く。

それは私の隣の席から放たれた。私はゆっくりと夏樹くんを見て、どうしてかばってくれたのかと、驚愕《きょうがく》する。

「佐伯くん、何が言いたいの？」

「話さないんじゃなくて、話せないんじゃないかって思わねぇのか？」

夏樹くん……どうしてなの。みんなの前で私の味方になったりしたら、一緒に変な目で見られるのに。

「原田さんが話せない？　そんなこと聞いてないわよ」

「聞いてない、知らないってのは罪だよな。知らずに言った言葉が、誰かを傷つけてるかもしんねーのに」

まるで、夏樹くん自身も経験したみたいに、その言葉には重みがあった。

「傷つけた側は簡単に忘れられる過去でも、本人にとっては一生を台なしにされるほどの傷になるんだよ」

そう、その傷跡はずっと消えずに残り、ふとした瞬間に蘇って私を今も苦しめる。

夏樹くんにもそんな経験があったのかもしれない、そう思った。

「そ、そんなのわからないじゃない……」

「わからなかったからって理由で、人を傷つけていい理由になるのか？　相手を理解する気がないから、そんな無責任なことが言えるんだよ」

夏樹くんは、きっぱりと先生に言い返してくれた。

そんな風に言ってくれる人は今までいなかったから、すごくうれしい。

目もとが熱くなって、こぼれそうになる涙を必死にこらえながら、私はいつもより凛々しく見える夏樹くんの横顔を見つめる。

その瞳は自分の言葉への迷いなど一切ないというように、まっすぐに前を見すえていた。

彼の言葉のすべてが、私の心を守るために放たれた本心だということがわかって、我慢できずに頬に涙が伝う。

「先生、朗読なら俺がやりますよ」

斜め前に座る誠くんが、私を振り返ってニコリと笑った。

誠くんまで……。

胸に、じんわりと温かさが広がる。

「冬菜ちゃん」

今度は前に座る琴子ちゃんが振り返って、私の袖口を引っぱった。

「もう座って大丈夫！　あとは誠くんがやるから、ね？」

「あっ……」

どうして……こんなはずじゃなかった。

小学校、中学校では、喋らない私をみんなは変人だと笑って、遠ざける人たちばかりだった。

だから高校でも当然、遠巻きに見られるのがあたりまえだって諦めていたのに……。

私を、ひとりの人として見てくれる。

表面上の仮面にだまされず、理解しようと心をのぞいてくれる。

みんなとは言えないけど、夏樹くんや誠くん、琴子ちゃん。この人たちのことは、信じてみてもいいのかな。

「わかりました、原田さんはもう座りなさい……。代わりに貝塚くん、二十三ページ五行目から読んで」

「はーい、先生」

涙をさっと服の袖で拭いながら席に座ると、誠くんが代わりに朗読してくれる。

みんなに、ありがとうって言いたい。

私の代わりに伝えてくれた言葉のひとつひとつが、泣きたいくらいにうれしかったって伝えたかった。

今ほど、みんなと同じようになれたらと願ったことはないと思う。

「ん……？」

この気持ちを伝えたい。そう思ってじっと夏樹くんを見つめていると、視線に気づいた彼も私を見た。

「あっ……っ」

こんな時、お礼のひとつも言えないの？

そんな自分が嫌になって、うつむきかけた時、夏樹くんがフッと笑った。

——え？

どうして笑ったのか、驚いた私はすぐにその理由を知る。

「……どういたしまして」

「——あっ！」

耳に届いた、声なき声の返事。それに、せき止めていたものがすべて崩壊《ほうかい》した。

目から温かい何かがぶわっと溢れ出て、とめどなく流れる。

何、これ……。

指で目もとに触れれば、しっとりと濡れていた。

「冬菜……」

みるみるうちに見開かれる夏樹くんの瞳。

唇まで落ちてきた雫《しずく》はしょっぱくて、そこでようやく気づく。

あぁ、私……泣いてるんだ。

「……先生、腹痛いんで保健室に行っていいですか？」

私を見つめていた夏樹くんは視線を黒板へ向けると、唐突に手を上げてそう言った。

「そ、そう……」

「あと、なんか原田さんも痛いみたいなんで一緒に抜けまーす」

え、私も抜けるの？　お腹なんか痛くないのに。

でも、これ以上泣き顔を見られたくなかったから、教室から出られる口実ができてありがたかった。

「わ、わかったわ」

先生もさっきのことを気にしてるのか、止めはしなかった。

夏樹くんは「行くぞ」と言って、私の手首をつかんで立たせる。繋がれた手はそのままに、引っぱるようにして教室の出口へと歩き出した。

その背中を、今日ほど頼もしいと思ったことはない。

ありがとう、夏樹くん。

私を……暗闇の世界から連れ出してくれるのは、いつもきみだった。

夏樹くんがくれる優しさに、私はまた涙をこぼしてしまう。

ふたりで教室を出たあと、夏樹くんは私を外靴に履きかえさせた。

夏樹くん、どこへ行くの？

そんな意味を込めて、繋がれた手を軽く引く。

「あぁ、行ってからのお楽しみってことで！」

な、なんじゃそりゃ……。

目をパチクリさせると夏樹くんは私の頬に手を伸ばして、そっと触れる。

その指先は乾いたばかりの涙の跡をなぞり、満開の花を咲かせるように微笑んだ。

「すぐに、笑顔に変えてやんよ」

「っ……え？」

真夏の日差しのように強く不敵《ふてき》な彼の笑みに、心臓が大きく跳ねた。

また、この笑い方……。

夏樹くんは、ふいに私をドキッとさせるような笑みを浮かべる。

そのたびに毎回心臓がおかしくなりそうで、困るんだ。

「そんじゃ、突入すんぞ」

突入って……、どこへ⁉

夏樹くんは手を握りなおすと、驚いている私なんておかまいなしに突然駆け出した。

「あっ――え⁉」

その先は昇降口の外、ザーザーッと雨音が絶え間なく響く、土砂降《どしゃぶ》りの中。

えぇっ、夏樹くん正気なの⁉

戸惑いながらも引きずられるようにして走る。

夏樹くんは本気だったらしく、当然のごとく雨の中へと突入した。

最初のひと雫が私の頭部に落ちてきたと思ったらすぐ、叩きつけるような雨粒が髪に、頬に、ワイシャツに染みていく。

そして、数分もしないうちに私たちは滝修行《たきしゅぎょう》でもしたみたいにびしょ濡れになった。

「到着！」

雨音に負けないような大きな声で、夏樹くんが私を振り返った。

連れてこられたのは、裏庭にあるショウブなどの植物が生い茂る池の前。

雨の雫で広がる波紋《はもん》の激しさに、鮮やかな赤、透き通るような漆黒《しっこく》の鯉《こい》たちも、池の中で息を潜めて動かない。

「俺さ、雨が好きなんだよ」

肩を並べて隣に立つ夏樹くんが、ぽつりとつぶやいた。

私はそれを意外だな、と思いながら聞いていた。夏樹くんって、どちらかというと晴れた日の太陽の下が似合うから。

「自分が、どうしようもないヤツだって気づいた時……」

ピチャピチャと池に跳ね返る水の音。空というものすごい高さから地面まで落ちてくるゆえのすさまじい雨音の中、夏樹くんの声は静かに響いた。

「悔しくて、そんな資格ないのにみっともなく泣いた時にな、雨が……降ったんだ」

分厚い灰色の空へ向けられた彼の目が、また遠くなった。

夏樹くんにも、みっともなく泣きたくなるようなことがあったんだ。

……なんて、人間だからあたりまえだって話だけど、それほどまでに夏樹くんには涙が似合わない。

「そしたらさ、雨なのか涙なのか……境界も曖昧になって、悲しかった気持ちまで、この雨音にかき消されてて……」

夏樹くんは全身で雨を感じるように、そのまま静かに瞳を閉じる。

なぜだろう、そのまつ毛から頬に伝う雫がまるで涙のように見えた。

泣いているように見えて、胸が切なく締めつけられる。

「すべてを洗い流してくれるみたいで……許されたような気になったんだ」

もしかして……。

夏樹くんは私が泣いていたから、この雨と一緒に悲しみも流れていくようにと、外に連れ出してくれたのかもしれない。

私も夏樹くんと同じように目を閉じて、軽く空を仰《あお》いでみる。

この悲しみも、過去の傷も……この雨が連れ去ってくれればいいのに。

そうしたら私は、弱い自分から強い自分に生まれ変われる気がするから。

「……冬菜の傷が、癒《い》えますように」

「っ……え?」

耳に届いたか細い声に、私は隣に立つ夏樹くんの横顔を見上げる。

まるで、泣いているような悲しげな顔。先ほどから胸の中で暴れていた切なさが、鋭く突きささるような痛みへと変わる。

「冬菜の悲しみが消えるように、俺から雨のプレゼントだ」

こちらを向いた夏樹くんの頬に伝う水の跡が、やっぱり涙に見えるのは気のせいだろうか。

「もう、泣かせない。だから俺のためにたくさん笑ってくれ。それだけが救いだよ」

彼の濡れた手が伸ばされて、私も吸い込まれるようにその手を握っていた。

夏樹くんの言う救いとはなんなのか、私にはわからない。

だけど、どうか笑ってほしい。私も夏樹くんにそう願うよ。

私は繋いでいない方の手を夏樹くんの頬に伸ばして、むぎゅっと軽くつまむ。

「ふ、ふゆにゃ……?」

——笑って、夏樹くん。

つまんだ彼の頬をキュッと持ち上げた。

夏樹くんはその意味に気づいたのか、パッチリとした二重の瞳をみるみる見開く。

「……どうして、お前なんだろうな」

「え……?」

彼のつぶやきに驚きの声を漏らしたとたん、強く抱きすくめられた。

気づけば夏樹くんの腕の中、冷たいと思ったのは一瞬で、じんわりと触れ合う肌から自分以外の体温を感じる。

「俺は……お前が怖くて、自分の罪を見ているみたいで、苦しくなるのに……」

私が怖い？　罪を見ているよう……？　ねぇ、それってどういう意味なの。

「なのに、俺を癒すのもお前なんだよ」

まるで、子供のようにしがみつく夏樹くんの身体は小刻みに震えていた。

私はいつも夏樹くんに助けてもらってばかりで、何も返せていない。

だから、私の存在がきみを癒せているのなら――。

もっともっと抱きしめるから、いくらでもそばにいるから。

それでも足りないなら……神様、どうか彼を救ってください。

「なぁ、笑って……冬菜」

どうか神様、奇跡を起こして。この人のために私……笑いたい、名前を呼びたい。

だから、無理くり口角を上げて、声を出すために口を開く。

「な……なつ……」

ふいに、喉の締めつけが軽くなった気がした。

「え……？」

夏樹くんは、信じられないと言わんばかりの顔で私を見つめる。

きみを喜ばせたい、元気になってほしい。

だから呼びたい……呼びたい、きみの名前を。

一生に一度のお願い、奇跡でもなんでもいい。

「夏っ……きく……ん……」

今、そのすべてを使って……届け！

その瞬間、空気砲《ほう》のように放たれる。

「夏樹くん……っ！」

声帯を震わせた空気が声になって、ちゃんと届いたのがきみの驚く顔でわかった。

「冬菜……俺を今、呼んだのか？　本当に夢じゃないよな？」

——夢になんて、しないで。

だけど、正直私も夏樹くんの名前を呼べたことが夢みたいに思う。

「ふし……ぎ、夏樹……くんとは……話したいって、思った」

だから、きっと話せたのかもしれない。

私が閉ざしていた気持ちを、きみへの想いが開いたから。

「俺も……ずっと冬菜の声が聞きたかった。優しくて、まっすぐな声だな……っ」

うれしそうな、泣き笑い。

それを見た私の頬にも、涙が流れた。

ふたりで泣きながら、笑いながら、喜びを分かち合う。

世界が今までで一番美しく、優しく、希望に溢れているように見えた。

「よかった……笑って、くれたっ」

自然と顔がゆるんで、声が出る。

詰まることなく、ちゃんとまっすぐに伝えたい気持ちが、なめらかに言葉になる。

きみに伝えたい言葉が、ずっとこの胸に溢れていた。

それが吐き出されたら、胸がスッキリとした。

「よかった……ふふっ」

「笑った……、俺がずっと見たかった顔だ。まさか、俺のために取り戻してくれるなんて……っ」

まるで宝物をその手に閉じ込めるかのように、夏樹くんは私の頬を両手で包み込む。

きみの存在は雨の冷たさにも負けないほどに温かくて、私の心を癒してくれていた。

この腕の強さに、私はいつも守られていたんだ。

「この笑顔を、守る……」

まるで、自分に誓うような言葉だった。

「ありがとな、冬菜」

お礼を言うのは私の方なのに、先に言われちゃったなと困ったように笑う。

「夏樹くん、ありがとう」

私は改めて、今までの感謝を言葉にした。

今までずっとひとりで戦ってきた。ううん、戦うことさえ次第に疲れ果てて、やめてしまっていた。

でも、きみが現れた。

桜の花びらとともに、きみは私に笑顔を、友達を、居場所をくれた。

きみがいてくれたから、私は孤独じゃなかった。

ほしいけど、手に入らないモノ。

手に入らないから、望むことを諦めたモノ。

きみは私の捨てたモノを拾い集めて、バラバラに砕けた心を取り戻してくれたんだ。

「っ……俺の方こそ、ありがとな」

また強く、その胸に引き寄せられる。

雨の匂いの中に、ほのかに香る陽だまりの香り。

抱きしめられて実感する。

体はこわばらないし、普通に話せた。もう夏樹くんの前でなら、ありのままの私でいられるんだってこと。

夏樹くんはこの雨と一緒に、奇跡を連れてきてくれたんだ。

勝利には、乙女の祝福を

いかにも初夏らしい青く澄みわたる空、蝉《せみ》の声が毎日のように教室の窓から聞こえてくる七月。

天候にも恵まれて、体育祭の日がやってきた。

「…………」

「あれぇ、冬菜ちゃんなんか顔暗くない？」

教室で開会式までの時間をつぶしていると、琴子ちゃんがついついと人差し指で頬を突いてくる。

あれから少しずつだけど、琴子ちゃんと誠くんにもあまり緊張しなくなった。

夏樹くんと話せるようになってから、話したいという気持ちが強くなった私は、積極的にカウンセリングにも参加している。

だからといって、ふたりとはまだ話せていないけれど、少しずつその成果が出ていると信じたい。

今、話せるのは唯一夏樹くんだけだ。

しかも、他人の目がない場所で、ふたりっきりじゃないと喋れないという制約つき。

「ほんとだな、どうしたの冬菜ちゃん？」

「なんだ、運動音痴《おんち》なのか？」

誠くんと夏樹くんが不思議そうな顔をして尋ねてくる。

逆に男の子ってこういう行事好きだよなぁと、私は思った。

夏のジットリとした暑さがこもる教室の中、生徒たちの熱気にあてられて、どっと倦怠感が襲う。

みんなが『優勝』という二文字のために、闘志《とうし》を燃やしている。それがまた暑さを助長しているのだ。

《それもあるけど、運動自体が好きじゃないんだ》

メモアプリを活用して、私はみんなにそう伝える。

どちらかというと読書、映画鑑賞が好きなインドアな私にとって、体育祭なんて地獄だと思った。

「冬菜ちゃんは琴子と同じ、障害物リレーだしょ？　そんなに動かないから大丈夫だぴょーん！」

だしょって……ぴょーんって……。

琴子ちゃんは、私を励《はげ》まそうとしてわざとやってくれているのだろうか。

少し考えて、はずかしがる様子もなくニコニコしている琴子ちゃんの顔を見ていたら、違うな、彼女は素でやってるんだろうな、と気づいた。

「誠、お前の彼女、ついに話し方まで忘れたみたいだぞ」

「そんな琴ちゃん、プリティだよ」

「そうだよ、そういうヤツだよ……お前は」

あぁ……また、夏樹くんが遠い目に。

この暑さの中、ふたりのラブラブっぷりは部屋の温度を数度は軽く上昇させていた。

私はげんなりしている夏樹くんが心配になって、背後から彼の長い人差し指をギュッと握る。

「うおあっ！」

するとなぜか、盛大に驚かれた。

パッと離れた手に、目が点になる。

えっ……もしかして、さわっちゃダメだった？

拒絶された事実に少なからずショックを受けていると、夏樹くんはまた、「違う！」とあわてたように叫ぶ。

何が違うのかと夏樹くんの瞳に問えば、「うっ」とうめかれた。

そんなに身がまえられると、まるで幽霊にでもなったかのような気分だ。

「ふっ、ふふ、不意打ちはやめろっ、心臓に悪いから！」

私はショックでうつむきながら、《ごめん》とメモアプリで答える。

「勘違いすんなよ？　嫌とか、そういうんじゃないからな？」

じゃあ、なんだったの？　さすがに振り払われると不安になるよ。

夏樹くんに見せていたスマホを力なくおろして、両手でギュッと握りしめる。

「極度の照れ屋なんだよ、夏樹は」

すると、この場にいるはずのない声が聞こえた。

顔を上げれば、私たちと同じジャージ姿の琉生くんがいる。

「リュウ坊、なんでここにいんだよ」

「誰がリュウ坊だ。用があるのは冬菜ちゃんにだから、安心しなよ」

えっ、私に用事？　琉生くん、わざわざなんの用だろう。

琉生くんが訪ねてくる理由に思いあたらない私は、ひたすら不思議な気持ちになる。

「は？　なんで冬菜に用事があるんだよ？」

「俺が会いたいから来た」

「不純だ。即刻、自分のクラスに帰れ」

「断る」

バチバチと、ふたりの間で火花が散っている気がする。

実は、琉生くんがこうして私に会いに来るのは初めてじゃない。

なんでか知らないけれど、バイト先に遊びにいってからというもの、こうやってうちのクラスにやってくることが多くなった。

そのたびに夏樹くんとは喧嘩《けんか》ばっかりなのだ。

まさか、バイトでもこんな感じなの？と心配になる。

「この際だから言っとく。俺、冬菜ちゃんのこと本気だから」

「……そんなん、お前見てればわかるっつーの」

本気って、なんの話？

でも、夏樹くんは苦い顔をしてうなずいており、理解してるみたいだった。

「うかうかしてると俺がかっさらうぞ、夏樹」

「……みんながみんな、お前みたいに自由に想いを伝えられるわけじゃねぇんだよ。俺だって素直になれんなら……とっくにそうしてる」

痛みをこらえるように歪《ゆが》んだ夏樹くんの顔。

笑顔でごまかすことも忘れて、悲しげな表情を浮かべている。

梅雨は明けたというのに、彼の心の中では涙の雨が降り続いているのではないか、そう思えて私の胸はちりちりと焼かれているみたいに静かに痛んだ。

夏樹くんが辛そうな顔するの、嫌だな。

それを見てるのに耐えられなくなった私は、ほとんど無意識に彼の手を握る。

人目なんかまったく気にせず、彼を慰《なぐさ》めたいと思ったら体が勝手に動いていた。

「えっ……冬菜？」

「あ、う……っ」

大丈夫、私がそばにいるよ。私は夏樹くんの前からいなくなったりしない。

だって、きみは私が喋れないことを知っても変わらずにいてくれた。いつでも、そばにいてくれた。

きみが望むなら——あの日、現代文の時間。悲しくて苦しくて死にそうなほど辛い地獄のような場所から、きみが連れ出してくれたように。

今度は私が、きみをここから連れ出してあげる。

世界中の誰もがきみを責めたとしても、私だけは味方でいる。

こんな風に思いのままに行動できる勇気が、強い意志が、自分の中にあったことに驚いた。

「冬菜……悪いな」

ポンッと、夏樹くんは私の頭に手を乗せる。

多分きみは、私が気を遣って声をかけようとしたんだと思ってる。

そうじゃないのに、ただ夏樹くんを想っての行動なのに伝わってない。

こういう時、話せないことがもどかしくてたまらなくなる。

「夏樹、今日のクラス対抗リレー、お前も出るんだろう?」

「あぁ、琉生もだろ」

夏樹くんは帰宅部だが、陸上部にも負けず劣《おと》らず足が速い。

陸上部に誘われていたらしいけれど、バイトがあるから断ったという話を前に本人から聞いたことがあった。

「なら……冬菜ちゃん」

琉生くんが突然こちらを振り向き、目線を合わせるようにかがんで見つめてくる。

距離が近くて、思わず体がこわばった。

なんでだろう、嫌いなわけじゃないのに相手が夏樹くんじゃないからなのか、金縛《かなしば》りみたいに体が硬直《こうちょく》していく。

琉生くん……?

急に真剣な顔をして、琉生くんの様子がいつもと違うことは私にもわかった。

予測できない相手の反応に不安になり、またキュッと喉が締まる。

「俺、夏樹と走順、同じにしてもらうから。俺が勝ったら……冬菜ちゃん、俺と日曜日にデートしてくれないか」

「っ……え?」

デートって……琉生くん、何言ってるの？

唐突な誘いに、脳天に手刀を一撃《いちげき》食らったかのような衝撃を受ける。

第一に、琉生くんが私をデートに誘う理由に思いあたる節《ふし》がない。

私をからかって、笑いのネタにするつもり……とか？　いや、琉生くんはそんな人じゃないよ。だって、夏樹くんの友達だもん。

少しでも疑うなんて最低だな、と自己嫌悪に陥る。

「俺、冬菜ちゃんが俺の怪我に絆創膏を貼ってくれた時から、きみのことが気になってたんだ。多分、ひと目ぼれだったのかも」

絆創膏って……あっ、思い出した！

夏樹くんに、ペットショップに連れていってもらった日のことだ。

琉生くんの指の怪我を見たら、とっさに絆創膏を貼ってあげている自分がいた。

今思い返すと馴れ馴れしいし、大胆な行動だったなと反省する。

でもこんな、まともに話せない私なんかのことを、たったあれだけの出来事で好きになったりするだろうか。

恋なんて、生まれてこの方《かた》したことがない。

好きなんて気持ち、家族以外に向けたことは一度もなかったから、わからないよ。

「ダメ……かな」

「っう……」

ダメというより、私はそんな感情を向けられるような人間じゃない。

みんなと同じでない私は琉生くんにはつり合わないし、そもそも琉生くんのことは友達としてしか見られない。

はっきりとわかるのは、好きは好きでも、たったひとりに向けるモノじゃないってこと。

恋とか愛とか、そういう対象に向ける好きでないことは明白だった。

でも、それをどう伝えればいいのか、私は悩む。

「おい、なんだー?」

「なんか、他のクラスの男子が原田さんに告《こく》ったらしいよ」

なにやら、周りが騒がしくなった。

「え、マジかよ！　って、あれ斉藤じゃね？」

「斉藤って……B組の秀才じゃん！」

困っていると、クラスがざわめきはじめる。

こっそり視線を向ければ、他のクラスの生徒まで集まってきているようで、まるで芸能人にでもなったかのようだ。

うわぁ、どうしよう……。早く何か言わないと、どんどん注目の的になる。

だけど、言葉が出ない。嫌な汗が背中を伝う。体に力が入り、小刻みに震えだす。

「あっ……あ……」

怖い、みんなが私の話をしてる。誰か……助けて！

心が悲鳴を上げた時だった、誰かの背中が視界を占領する。

「琉生、冬菜を困らせんな」

……夏樹くんだ。

私を背中にかばうように立ち、まっすぐに琉生くんを見すえている。

その大きな背中に隠されて、私はホッと息をついた。

夏樹くんの姿を見ただけで居心地のいい陽だまりを見つけた猫のように、大きく安《あん》堵《ど》する。

「こんな場所で、目立つだろーが」

「そうでもしないと、夏樹は向き合わないだろ」

「冬菜の気持ちも考えろよ！」

夏樹くん……ありがとう。

いつも、私の気持ちを先回りして守ろうとしてくれる。

きみの優しさは桜の花びらが降り積もってできた薄紅色の絨毯のように、ふかふかで温かい。

そんな彼の気づかいに胸がじーんと熱くなると、思わず泣きそうになった。

「で、受けるのか？」

「ったく――冬菜」

琉生くんと対峙《たいじ》していた夏樹くんが、私を振り返って少しだけ身をかがめると、申しわけなさそうな顔をした。

「冬菜の気持ちを抜きにして悪い。けど……俺も冬菜が琉生とデートすんのは嫌だから、勝負受けさせてくれな？」

それって……どういう意味？　って、そんな深い意味なんてないよね。

ただ、私が困っているから助けようとしてくれているだけだ。

巻き込んでしまったのは、私の方なのに。申しわけない気持ちになりながら、何が最善なのかわからなかった私は、うなずくことしかできなかった。

「それにしても、修羅場《しゅらば》だねぇ～」

「リュウ坊と冬菜ちゃんの取り合いか、負けるなよ夏樹？」

琴子ちゃんと誠くんが、子犬のように好奇心《こうきしん》丸出しな顔でそう言った。

琉生くんと別れて校庭にやってきた私たちは、ジリジリと容赦なく大地に照りつける日差しの下にいる。

先ほど開会式を終えて、それぞれ自分の出番を観客席で待っているところだった。

それだけなのに、体中が水をかぶったかのように汗で濡れる。

私は熱にあてられて若干《じゃっかん》意識がボーッとしつつ、みんなの話に耳を傾けていた。

「うるせー、そんなんじゃねぇよ」

否定する夏樹くんに、琴子ちゃんはニヤッと笑う。

「へぇー、じゃあ冬菜ちゃんがリュウ坊に取られちゃってもいいわけだぁ？」

琴子ちゃんと誠くんまで、琉生くんをリュウ坊呼ばわりしている。

多分、夏樹くんが呼んだあだ名を気に入ってるんだろうな。

それにしても、こういう時、私はどうしたらいいんだろう。琉生くんの気持ちには応《こた》えられないって、伝えればいいのだろうか。

「んなわけねぇーだろ！　冬菜のことは、俺が絶対守る！」

「あっ……」

夏樹くん、私のこと守ろうとしてくれてるんだ。

なのに、あれ……胸が切ない。

うれしいはずなのに、それが夏樹くんの優しさゆえの行動なのだと思うとさびしい。

困っている人が私じゃない誰かでも、同じことを言ったのかなってモヤモヤする。

複雑な感情の塊《かたまり》を胸に抱えながらも、みんなで観戦したり、琴子ちゃんと障害物リレーに出たり、誠くんも長距離走に出たりと次々に出番を終えていく。

「次は、クラス対抗リレーです、選手は入場口に集まってくださーい！」

そしてついに、その時がやってきた。

クラス対抗リレーのプラカードを持った、体育係が選手に声をかけて歩いている。

「「夏樹、がんばれ！」」

声をそろえて夏樹くんの肩を叩いたのは、誠くんと琴子ちゃん。

夏樹くんは、「痛ぇよ！」なんて言いながら、うれしそうだった。

私は、何を言ったらいいだろう。

今はスマホもないし、どうやって伝えればいいのか……。

「冬菜、お願いがあんだけど……いいか？」

うーんと頭を悩ませていると、夏樹くんから声をかけてきてくれる。

私は話しかけるきっかけをもらえてラッキーだと思いながら、夏樹くんのお願いがなんなのかが気にかかっていた。

知らず知らずのうちに首を傾げていた私の右手を、夏樹くんの大きな手が包み込む。

それに驚くより先に、夏樹くんが口を開いた。

「勝てって、言ってくれ」

「あ……」

「冬菜が願ってくれたら俺、絶対負けねぇから」

強い意志を感じさせる瞳が私をまっすぐに射ぬくから、気づけば言葉の代わりにうなずいて、その手をギュッと握り返していた。

勝って、負けないで。私は夏樹くんのことを誰よりも応援してるよ。

きみが、悲しむ結果にならなければいい。それだけを心から願ってるんだと、そんな気持ちを込めて見つめ返した。

「ありがとな、冬菜」

夏樹くんには、私の想いが伝わっている。

それはきっと、きみが私の心の声を必死に拾おうとしてくれているからなんだよね。

それがわかるから、私はきみのために何かをしたいと思うのだ。

「俺が冬菜に勝利をプレゼントしてやんよ。絶対に守ってやる、約束だ」

誓うように私の小指に指を絡《から》めると、名残惜《なごりお》しそうにそっと離して夏樹くんは背を向ける。

「行ってくる、ちゃんと見とけよ！」

行ってらっしゃい、夏樹くん。

もう、聞こえないとは思わない。

きっと彼のことだから、私がエールを送っていることもお見通しなんだろう。

どうか、夏樹くんが怪我なく勝ちますように。

遠ざかる背中に、私は祈るようにそう声をかけた。

そして始まったクラス対抗リレー。

声援は嵐のように、生徒の盛り上がりは最高潮で、勝負を見届けようと観客席から立ち上がっている。

夏樹くんと琉生くんの姿を探していると、選手列の最後尾に並んでいるのが見えた。

あらかじめ用意されていた舞台かのように、ふたりはまさかのアンカーだった。

「冬菜ちゃんは、夏樹が勝つと思う？」

誠くんに尋ねられて、迷わずうなずいた。

私は夏樹くんの勝利を信じている。

だって、夏樹くんは約束をしてくれたから。それを破ることは絶対しない人だ。

「おおっ、絶対の信頼を置いちゃってるんだねぇ〜っ、お熱いことで！」

「……うっ」

――そういうんじゃない！

またニヤニヤする琴子ちゃんに、私はあわてた。

こうやって勘違いされちゃうと、夏樹くんに迷惑がかかっちゃうのに……。

だけど、スマホがないとうまく説明できそうになく、私はからかわれながらも黙って試合を見守ることにした。

そして、パァアンッ！という号砲が鳴り、第一走者が駆け出す。あっという間にバトンが引き継がれ、第二、第三走者が走る。

うちのクラスは、琉生くんのクラスに続いて現在二位だ。

「がんばれ、がんばれA組！」

「抜かれるな、B組ーっ！」

目の前で風のように駆け抜ける選手たちに、それぞれのクラスの声援も白熱する。

そしてついに、最終走者であるアンカーにバトンが引き継がれた。

アンカーは半周のみ走る他の選手と違って、一周走るルールになっている。

最初に走り出したのは、先行していたB組の琉生くんだった。

琉生くんは勉強だけでなくスポーツもできて、すでにコースの半分に差しかかろうとしている。

そして、ほぼ半周遅れでバトンを受け取った夏樹くん。

「半周も空いてるのか」

「夏樹、今回はキツイかもね」

誠くんと琴子ちゃんの不安そうな声に、私までソワソワしだす。

がんばって……っ。私も勝利を諦めないから、夏樹くんも諦めないで！

心でもう一度、夏樹くんにエールを送る。きみにはきっと、世界中のどこにいても伝わると、そう思うから。

そこからの、夏樹くんの追い上げはすごかった。

疾風《しっぷう》のような速さで、琉生くんを追いかける。

「はぁっ、はっ……くっ」

夏樹くんが目の前のコースを通るその一瞬、私を見た気がした。

その瞳が〝大丈夫〟だと言っているようで、私の中の不安がサッと消え去る。

そうだ、きみなら大丈夫。

向かい風さえ追い風に変えて、きっときみは約束のために一位でゴールする。そう信じられた。

そして、運命の時が訪れる。

その場にいたすべての人の緊張が最大限に達した、ゴールまでの一直線。

ほんの数メートル差、夏樹くんは最後の追い上げを見せて先にゴールテープを切った。

「おぉぉぉぉっ！」

「佐伯ナイスーっ」

「A組優勝じゃん！」

クラス対抗リレーの配点は高く、他の競技でも高得点をとっていたA組は、これで体育祭優勝が決定した。

静まらない歓声の中、夏樹くんと琉生くんが一緒に観客席へと戻ってくる。

「やっぱ、スポーツで夏樹には勝てないな」

「琉生だって、足すげぇ速いだろ」

一緒に汗を流したからか、ふたりの表情は晴れやかだった。

いつも通り、穏やかな雰囲気で話しているのを見て私はホッと胸をなでおろす。

「俺は、これで夏樹の本気がわかったから満足だ」

「琉生……」

「過去に何があったかは知らないけど、時は巻き戻せないんだから今を大切にしろ」

「……胸が痛ぇよ、琉生の言葉は」

夏樹くんは苦笑いしながら、琉生くんと軽く拳を突き合わした。

男の子の青春は汗だくで、時々バカらしくも見えるけど、熱くて美しい。

そんなふたりをまぶしい思いで見つめていると、琉生くんが私の目の前に立つ。

琉生くん……。私、ちゃんと琉生くんは友達だって言わなくちゃ。

そう思って口を開いた時だった。

「今回は夏樹に免じて身を引く。だけど、夏樹が冬菜ちゃんを傷つけるようなら、俺も本気でさらうから」

「──っ！」

琉生くんはそう言ってフッと笑うと、断る暇さえ与えずに自分のクラスの応援席へと戻っていく。

その姿は潔いようで、答えを言わせてくれないところはイジワルだなとも思った。

でも、こんな私に想いを寄せてくれたこと、それは素直にうれしい。

私は遠ざかる琉生くんの背中に口パクで『ありがとう』と言う。

想いに応えられないことに、『ごめんなさい』より、好きになってくれて『ありがとう』の方が、今の私の気持ちにしっくりときたからだ。

だけど、私は強欲にも夏樹くんのことばかりが気になってしまっている。

きみと目が合うだけで世界の透明度が増して、キラキラと輝く。

きみのことを考えると抑えきれないほど胸がドキドキして、ワクワクする。

きみに会えない日は息ができないほどに切なくて、苦しくって。

きみの笑顔が見られると、世界一幸せだと思う。

この感情に名前をつけるのは、難しい。

他の誰にも抱いたことのない、型にあてはまらない感情だったから。

「やるじゃん夏樹」

誠くんが琴子ちゃんの肩を抱き寄せながら言う。

「さっすがー、冬菜ちゃんへの愛かなぁ？　ま、うちらの愛には負けるけどねっ」

「琴ちゃん、俺の方が琴ちゃんのこと愛してるよ」

「やーん！　誠ちゃん、好きーっ」

私たちを置いてきぼりに、盛り上がるふたり。

そんな騒がしさが日常になっていて、孤独だった私にとってはかけがえのない宝物に思えた。

「冬菜、裏庭に行かね？」

そんなふたりをスルーして、夏樹くんが私の手をつかむ。

裏庭は私が初めて、彼の名前を呼んだ大切な場所だった。

断る理由もなかったので、夏樹くんと一緒に体育祭を抜け出す。

その間に会話は何ひとつなかった。それでも、沈黙を気まずいとは思わない。

だって、私たちは繋いだ手の温もりで、心で、お互いの気持ちを伝え合ってるから。

そして、人気のない裏庭へとやってきた。

そこでようやく、私は呪いが解けたかのようにふっと体から力が抜けて自然に笑みを浮かべることができた。

「夏樹くん、ありがとう」

ここは夏樹くんと話せた経験があるからか、ふたりきりということもあって、スムーズに声が出る。

私たちは、自然と導かれるように裏庭の木陰にあるベンチに座った。

ザワザワと、青々とした木々が風に吹かれて笑っているみたい。

顔を上げれば木漏れ日が幾千の星のように輝いていて、私たちだけの箱庭のように美しく、安らぎに満ちた場所に感じた。

「俺の方こそ、ありがとな」

「え?」

お礼を言うのは私の方なのに、どうしてだろう。お礼を言われた意味がわからず、首を傾げる。

夏樹くんは私の不思議そうな顔を見て、「ははっ」と軽快に笑った。

「冬菜のために、何かできたことがうれしい」

「前から聞こうと思ってたんだけど……」

夏樹くんの美しすぎる心への違和感。

そりゃあ綺麗な方が害はないし、汚いよりずっといいに決まってる。

むしろ、世界にこういう神様みたいな人がたくさんいれば、きっと争いもなくなるのになぁとも思う。

「夏樹くんはどうして、私に優しくしてくれるの？」

でもやっぱり、モヤモヤしてしまう。

見返りを求めてくるわけでもない。なのに夏樹くんの優しさは本物で、ときどきそれが怖くなるんだ。

夏樹くんの優しさの裏には、何があるのかなって。

疑ってないといえば嘘になる。信じて話した本心を裏で笑いのネタにされたり、表では笑顔なのに私がいない場所ではバカにして蔑んだり。私は偽りの優しさしか知らないから、子供のように純粋な心で人を信じられないのだ。

「俺……」

また、悲しそうな顔。夏樹くんが時折見せる表情だった。

それを今は私がさせているのだと思うと、罪悪感に胸が軋むような痛みを主張してくる。

きみが私に優しくする理由。それが夏樹くんの笑顔を曇らせている原因なのだと、なんとなくわかった。

「夏樹くん、私ね……話せないことがすごく怖い」

「え……？」

なら、私が今できることは、たったひとつ。夏樹くんが自分のことを話せるように、まずは私のことを話すことだ。

それがどれだけの苦痛を伴うものだとしても、きみのためなら傷ついてもいいとさえ思う。

だって、きみが私にくれたモノに比べたら、この痛みなんてちっぽけなモノだ。

それほど、きみがくれた〝居場所〟というのは私の中で大きな贈りモノだった。

「昔は、それもしょうがないことなのかなって、何もかも諦めて、生きてることさえ無意味だと思ったりもした」

「それは……今も同じか？」

夏樹くんの目には、切望が映っていた。

彼がどんな答えを私に求めているのかはわからないけれど、私は笑みを浮かべて首を横に振る。

「ううん、百八十度変わった」

「どんな風に？」

「みんなと出会って……もっと話したいって思えるようになった」

話すことは怖いけれど、夏樹くんになら話せる。

私の気持ちを、どうか受け止めてほしい。

重いかもしれない、傷つけるかもしれない、けれど、きみには隠しごとをしたくないって思うから。

「みんなに助けられるたび、ありがとうって言えないことがもどかしくて、苦しくなる。辛い時に辛いって言えないのは、ここがものすごく痛くなるんだ……」

胸を押さえて、これまでの辛い過去を思い出す。

誰にも受け入れられない、孤独なあの日々は私を今も苦しめていて、思わず泣いてしまいそうになった。

「冬菜……」

胸に置いた私の手に、夏樹くんの手が重なった。

私を労《いた》わる気持ちが伝わってきて、それだけで救われたような気持ちになる。

「話せないことは苦しいから……」

「うん」

「私でよければ辛い気持ち、吐き出してもいいんだよ」

そう笑えば、夏樹くんはくしゃりと顔を歪めた。

そして、おずおずと私に尋ねてくる。

「なぁ、冬菜って……場面緘黙症……か？」

「え……？」

夏樹くんから放たれた単語に驚く。この高校にかかわらず、知らない人の方がほと

お手数ですが
切手をおはり
ください。

郵便はがき

104-0031

東京都中央区京橋1-3-1
八重洲口大栄ビル7階

スターツ出版(株) 書籍編集部
愛読者アンケート係

(フリガナ)
氏 名

住 所 〒

TEL **携帯/PHS**

E-Mailアドレス

年齢 **性別**

職業

1. 学生(小・中・高・大学(院)・専門学校) 2. 会社員・公務員
3. 会社・団体役員 4. パート・アルバイト 5. 自営業
6. 自由業( ) 7. 主婦 8. 無職
9. その他( )

今後、小社から新刊等の各種ご案内やアンケートのお願いをお送りしてもよろしいですか?

1. はい 2. いいえ 3. すでに届いている

※お手数ですが裏面もご記入ください。

お客様の情報を統計調査データとして使用するために利用させていただきます。
また頂いた個人情報に弊社からのお知らせをお送りさせて頂く場合があります。
個人情報保護管理責任者:スターツ出版株式会社 販売部 部長
連絡先:TEL 03-6202-0311

愛読者カード

お買い上げいただき、ありがとうございました!
今後の編集の参考にさせていただきますので、
下記の設問にお答えいただければ幸いです。よろしくお願いいたします。

本書のタイトル（　　　　　　　　　　　　　　　　　　　　　　　　　　）

ご購入の理由は?　1.内容に興味がある　2.タイトルにひかれた　3.カバー（装丁）が好き　4.帯（表紙に巻いてある言葉）にひかれた　5.あらすじを見て　6.店頭のPOPを見て　7.小説サイト「野いちご」を見て　8.友達からの口コミ　9.雑誌・紹介記事をみて　10.本でしか読めない番外編や追加エピソードがある　11.著者のファンだから　12.イラストレーターのファンだから　その他（　　　　　　　　　　　　　　　　）

本書を読んだ感想は?　1.とても満足　2.満足　3.ふつう　4.不満

本書のご意見・ご感想をお聞かせください。

1カ月に何冊くらい本を買いますか?
1.1～2冊買う　2.3冊以上買う　3.不定期で時々買う　4.ほとんど買わない

本書の作品をケータイ小説サイト「野いちご」で読んだことがありますか?
1.読んだ　2.途中まで読んだ　3.読んだことがない　4.「野いちご」を知らない

読みたいと思う物語を教えてください　1.胸キュン　2.号泣　3.青春・友情　4.ホラー　5.ファンタジー　6.実話　7.その他（　　　　　　　　　　　　　　　　）

本を選ぶときに参考にするものは?　1.友達からの口コミ　2.書店で見て　3.ホームページ　4.雑誌　5.テレビ　6.その他（　　　　　　　　　　　　　　　　）

スマホ（ケータイ）は持っていますか?　1.持っている　2.持っていない

学校で朝読書の時間はありますか?　1.ある　2.昔はあったけど今はない　3.ない

文庫化希望の作品があったら教えて下さい。

学校や生活の中で、興味関心のあること、悩みごとなどあれば教えてください。

いただいたご意見を本の帯または新聞・雑誌・インターネット等の広告に使用させていただいてもよろしいですか?　1.よい　2.匿名ならOK　3.不可

ご協力、ありがとうございました!

んどだろう。

でもきみは、戸惑いながらも迷わずそう言った。

「どうして……知ってるの？」

今度は私が戸惑うように聞き返す。

場面緘黙症は、当《とう》の本人ですら成長するまで気づけない、誤解されやすい病気。

それを夏樹くんの口から聞くことになるなんて、思いもしなかった。

「……昔な、好きだった女の子が場面緘黙症だったんだよ」

「あ……」

夏樹くんは、ぽつりとこぼした。

好きだった人……。それを聞いたとたん、胸にひびが入ったように痛んだ。

私、どうしてこんなに悲しいんだろう。

夏樹くんに好きな人がいたって、ありえないことじゃない。

私とは違って普通の男子高校生で優しいし、人からうらやまれるような輝きをもっている。

彼の意志とはかかわらず、たくさんの人に好かれたはずだ。

ただ、それがさびしいと傲慢《ごうまん》にも思ってしまう。

「俺はその時小学生だったから、まさか病気だなんて知らなくて、照れ隠しにその子の悪口を言っちまったんだ」

「そう……」

小学生じゃ、わからないだろうな。

そして、その子もきっと……どうして自分だけが話せないのかって悩んだだろう。

たくさんたくさん、自分を責めたんだろう。

会ったこともないその子に、私は自分の心情を重ねて泣きそうになった。

「そうしたら、クラス全員でその子が喋らないことをからかうようになって、最初はぎこちなくだけど笑ってたのに、どんどん表情もなくなっていった」

「そうだったんだ……」

私にはわかる。その子は諦めたんだ、きっと。

理解されようと努力しても、ムダだと気づいてしまったから。

私と同じ……望まないという選択をした。ボロボロの心を守るために、世界を閉ざしたんだ。

その方が、確実に痛みは減るから。不確かな希望を信じるより、ずっと楽だから。

「俺は、とんでもないことをしたんだって気づいた」

夏樹くんは、罪の意識に囚《とら》われているんだろうな。

好きな人を孤独にしてしまったと、ずっと自分を責めている。

そういった後悔や傷はしぶとく心の奥底に根を張るように居座って、ときどき苦しめるからやっかいだ。

「だけど、みんなの前であの子をかばう勇気もなかった。俺はクラスでハブられんのが嫌だったんだよ、最低だろ？」

自嘲気味に笑う夏樹くんに、言葉をかけることをためらってしまった。

何を言っても、彼を傷つけてしまいそうだったから。

でも、孤独を恐れるのは当然のことだと私は思う。

なんて、最近まではそんな群れにこだわる人たちを弱虫だと思っていた。

けれど、夏樹くんに出会って考え方が変わった。友達と呼べる人たちができて気づいた。損得勘定以外の繋がりもあるんだと。

私はみんなに居場所や優しさ、いろんなモノを貰ってばかりで、何もあげられないのに、みんなはそんな私を守ろうとしてくれる。

心で繋がることができることを知った。

だからこそ、もう孤独になりたくないと思う。

だって、笑顔が向けられることがこんなにも温かくて、帰る居場所があることがこんなにも心強いことを知ってしまったから。

「最後まで、俺はあの子に何もしてあげられなくて……だから今度会えたら、俺があの子を傷つけるすべてのモノから守るって決めたんだ」
前から、夏樹くんの言葉に引っかかりを覚えていた。
例えば、雨の中で彼が言った言葉。
『すべてを洗い流してくれるみたいで……許されたような気になったんだよ』
あの時は、雨が好きな理由も深くは考えていなかった。
『俺は……お前が怖くて、自分の罪を見ているみたいで、苦しくなるのに……』
私を自分の罪だと言った理由も。
『冬菜のことは、誰にも……俺自身でさえ、傷つけさせない』
ペットショップで言った、この言葉の意味も今やっとわかった。
「夏樹くんは……」
そして、悲しいことにも気づいてしまった。
夏樹くんは多分、傷つけたその子と私を重ねて見ている。
罪滅《つみほろ》ぼしのために私に優しくし、そばにいてくれてるのだと。
「傷つけたことを何年も後悔して生きてきたんだね」
そんな人が、私を蔑んだ人たちの中にもいたのかな……なんて考えた。
そうであってほしいという願望かもしれない。
私にしたことを悔やんで、夏樹くんのように誰かに優しくなれる。そんな人になってくれたらいい。

そうすれば、あの辛い日々もムダではなかったのだと、思えるような気がしたから。

「夏樹くんはたしかに昔、その子を傷つけてしまったかもしれない。だけど今は、こうして私の心を救ってくれてる」

「俺は……冬菜を救えてるのか？」

「うん、もちろんだよ」

きみがいなければ、私はこんな風に穏やかな気持ちで笑えなかったと思う。

「そうか……そっか」

夏樹くんは、やっぱり泣き笑いだった。

だけど、今は少しだけうれしさも混ざっているように見える。

私たちの間に吹く風が、少しだけ優しくなった気がした。

「辛いこと、話してくれてありがとう」

「冬菜……やっぱり冬菜は優しいな。俺はその優しさに、いつも救われてる」

夏樹くんが私の頭に手を乗せた。

これ、夏樹くんが私によくする仕草だな、とぼんやり考える。

子供みたいに思われてるのかも。

それはなんだか切ないから、もっときみに頼られるような大人の女性になりたいと思った。

「なあ、冬菜」

「うん？」

「琉生の真似するみたいで、アレなんだけどさ。冬菜の一日、俺にくれね？」

「え？」

私の一日を夏樹くんに？

それって、一緒に出かけようって意味だろうか。

その解釈が間違っていたら、赤っ恥をかくことになるので言えないけれど。

「勝ったごほうびに、冬菜の日曜日がほしいって言ったら怒る？」

心臓の音が、体育祭の声援に負けないくらい大きく鳴る。

その言い方はずるいなと思った。

怒るわけがないよ、私だってきみと休日も一緒にいたいと思ってるから。

「冬菜？」

夏樹くんは催促《さいそく》するような、懇願《こんがん》するようなニュアンスで私の名前を呼ぶ。

切なさが、胸を甘く締めつけた。

まるで会いたいと言われてるみたいで、なんだかドキドキしてしまう。

「うん……私も貰ってほしい」

照れくさいけど、素直にそう返事をした。

だって、はずかしさよりも喜びが勝った。

素直にならずに、きみと過ごせるせっかくの機会を失うのだけは嫌だったから。

「っ……そっか、サンキューな」

夏樹くんは口もとを手で覆い、はずかしそうに目線をそらす。

いつも余裕たっぷりな彼の、新しい表情。

知らない夏樹くんの一面を見るたびに、私はきみという存在をもっと知りたいとわがままに思ってしまうのは、どうしてなのだろう。

「んじゃ、あとで時間とか場所とか決めようぜ」

「うんっ」

日曜日も夏樹くんに会えるなんて、うれしいな。

その気持ちが一方通行ではなく、夏樹くんも同じだったらいい。きみにとっても楽しい時間になるように、私にできることをしようと思った。

「よし、ぜってー楽しませてやんよ」

出た！　夏樹くんのピーターパン発言。

今度はどんな世界に連れていってくれるのだろう。今夜はワクワクしてきっと眠れないだろうな。

「ふふっ、楽しみだな」

私たちは顔を見合わせて笑った。

初夏の緑のまぶしさと濃い草の香りに包まれて思う。

この関係が罪で繋がっていたのだとしても、かまわない。だって、あの暗闇の世界にいた時みたいに、ひとりではないから。

夏樹くんのそばにいられるのなら、どんな形でもかまわないと思ったこの日。

私は胸の中で、夏の暑さにも負けない熱が育っていくのを密かに感じていた。

燃ゆる、藍色の恋

体育祭から一週間が経った日曜日、ついに夏休みに入った。

私は手作りのお弁当を手に、愛犬のベリーを連れて家から五分ほどの距離にある公園へとやってきている。

ここはお散歩コース以外は芝生になっていて、中央にはアヒルさんボートにも乗れる大きな池がある。

さらにもう少し歩くと噴水広場があり、噴水の水も夏の季節限定で大きく吹き上がるようになっていて、照り返るコンクリートに降り注いでいた。

「ベリー、晴れてよかったね」

夏休みだというのに、この公園にはほとんど人がいない。というのも数年前、この近くにテーマパークができてしまったからだ。

私にとってはありがたいことに、ここへ来る人はおのずと減った。

ちなみにどうしてこんなところにいるのかというと、今日は約束があるからだ。

私は体育祭の日にした、夏樹くんとの会話を思い出す。

『勝ったごほうびに、冬菜の日曜日がほしいって言ったら怒る？』

今日は、その約束の日曜日。この公園で夏樹くんと犬の散歩をする予定だ。

私は待ち合わせ場所である公園の時計台の下で、彼を待つ。

時刻は午前十一時。約束の時間は午前十一時半なので、まだ早い。

私は家にいても楽しみにしすぎてソワソワしてしまうので、早めに出てきていた。

「ふう……」

木陰が多いからか、いくらか日差しは優しい。

けれど、空気はムンムンとしており、うっすらと汗ばんでいた。

パタパタと手で顔を扇《あお》いでいると、「ねぇきみ」と見知らぬ男性に声をかけられた。

「ひとりで犬の散歩？」

「……え？」

突然声をかけられて、体がこわばる。顔を向ければ、二十代くらいの男の人がニッコリと貼りつけたような笑みを浮かべて立っていた。

誰だろうこの人、でも、なんか言わないと……。

こんな人気のない場所に若い人がいるなんて珍しいなと思いながら、私はぎこちない動作でスマホをいじり文字を打とうとした。その瞬間――。

「俺とお喋りしながら、歩かない？」

「う、あっ」

スマホを持っていた手をつかまれて、息が止まりそうになった。

心臓はありえないほど鼓動を打っているのに、血の気が引いていくのを感じる。

「ワンッ、ワンッ！」

人懐《ひとなつ》っこいベリーが珍しく、警戒するように吠えた。不安になって、すがるようにリードを強く握りしめる。

「じゃあ、行こうか」

「っ……ぅ、……っ」

どうしよう、声が出ない。やだっ、離して！

焦れば焦るほど、言葉が喉につかえてしまう。

この人は私の返事なんて待ってない。

ふと、公園の入り口に不審者注意の張り紙があったことを思い出す。人気がないのをいいことに、この人は悪さをするつもりなのかもしれない。

そんな考えを巡らせたところで力では敵《かな》わず、何もできずに男性に引っぱられそうになったその時——。

「冬菜！」

「あっ」

そこへ、ゴールデンレトリバーを連れた夏樹くんが現れた。

そばへやってくると、男性から引き離すように私の腰を抱いて引き寄せる。

——夏樹くん⁉

その行動に、触れる体温の熱さに、心臓が破裂しそうになった。

夏樹くんはただ、私を助けようとしてくれているだけだ。

なのに私は、場違いにもときめいてしまった。

「待たせて悪いな。つーわけで、彼女がお世話になりました」

「なんだよ……彼氏待ちなら、そう言えよな」

そう言って、男性はそそくさと去っていく。

夏樹くん、今彼女って……。私を守るために嘘をついてくれたんだ。

その優しさに、うれしさと切なさを同時に胸のうちに抱きながら、私は曖昧に微笑む。

「あり、がとう」

小声で告げれば、夏樹くんは子供のような無邪気さでニッと笑った。

私はつられるようにして口もとに笑みを浮かべる。

この笑顔にいつからか、私はゆりかごにいるような安心感を抱くようになっていた。

「おーよ、無事でよかった！　つか、遅くなって悪かったな。危ない目にあわせた」

申しわけなさそうにする夏樹くんに、私はそんなことないと首を横に振る。

「楽しみで、つい早く来すぎちゃった私が悪いから」

もとはと言えば、約束の三十分も前に来てしまった私が悪い。

というのも、夏樹くんに会えるのが待ち遠しくて、早朝に目が覚めてしまったのだ。家にいても待ち合わせ時間まで何度も時計を確認したり、ソワソワ落ち着かなかったので、我慢できずに早く家を出てきてしまった。

「っていう俺も、楽しみにしすぎて早く着いちまったんだけど、まさか冬菜も同じだったなんてな」

「たしかに！」

「つか、さっきから聞きたくてウズウズしてたんだけどさ、その子がベリーか？」

夏樹くんがベリーを見て、宝石の光を反射させたかのように目を輝かせる。

「ウズウズって……ふふっ」

本当に動物が好きでたまらないといった様子の夏樹くんに、私の頬がゆるんだ。

ベリーも夏樹くんが気になっているのか、「わふ！」とひと鳴きすると小さい足で立とうとしている。

「おぉ、そうかそうか！　やべぇ、めっちゃ可愛いなお前！」

夏樹くんがベリーを抱きあげてなで回すと、ベリーもうれしそうに夏樹くんの頬をなめていた。

「夏樹くんのお隣にいるのは、ルディー?」

静かにお座りをしているゴールデンレトリバーを見て、私もウズウズしながら夏樹くんに尋ねる。

「おう!」

「確か、男の子なんだよね! こんにちはルディー」

目線を合わせるようにしゃがめば、ルディーは私の手をペロペロとなめはじめる。

「私は冬菜です」

自己紹介をすると、ルディーは私の目を見つめ返す。

この子、すごく頭のよさそうな目をしてる。今もじっと私の話を聞いてくれてるみたいだった。

「それじゃあ、少し歩こうぜ」

「うん」

私たちは、太陽の光が乱反射するまぶしい池のそばを一緒に歩いた。

こうして学校の友達と休日に出かけているなんて、今でも信じられない。

今まで、私は人間なのに人間の中で生活することが辛くて、学校がある平日は仕方ないけれど、休日は家にこもってることが多かった。

でも、いざ外へ出ると風が気持ちいい、水の匂いがする。

鳥のさえずりが、木々のざわめきが、クラシック音楽のように聞こえる。

自然を近くに感じると、気持ちも解放されるようで、たまにはこうして外に出るのもいいなと思った。

「冬菜って、誰にでも真摯《しんし》に向き合えるんだな」

隣を歩いていた夏樹くんが、ポツリと雫を落とすようにつぶやく。

私は夏樹くんの横顔を見つめて「え？」と意味を問い返す。

「犬だからとか、偏見《へんけん》なしに誰に対しても平等に接するんだなって思ってよ」

「そうかな？」

「ほら、さっきルディーにあいさつしてたろ」

「あぁ……」

自然にしていたから気づかなかった。

でも、犬を飼っている人はみんな一緒じゃないのかな。むしろ、私は人よりも純粋な動物の方が好きだ。といっても、最近は夏樹くんや琴子ちゃん、誠くんや琉生くん、初めてできた友達限定で人のことも好きになれた気がする。

「この子たちは、多分人間よりずっと相手を知ろうとしてる。それがわかるから、ちゃんと向き合おうって思えるんだ」

「向き合う？」

「うん、今何を考えてるんだろう。どうしたら喜んでくれるだろうって、たくさん考えてくれてるから、私も自然と理解したいって思う」

ちょこちょこと短い足でついてくるベリーを見て、愛しい気持ちが溢れる。

人も、同じなのではないかと思う。

相手を知りたい、知ってほしい。

そんなお互いの想いがあって、初めて通じ合えるんだ。

「やっぱり……冬菜は優しくて、純粋で、綺麗な心を持ってたんだな」

「そ、そんなにできた人間じゃないよ」

ほめられるのって、くすぐったい。

でも、夏樹くんの目に私がそう映ってるのだとしたら、素直にうれしいと思った。

「俺がそう思ってるんだから、そうなんだって」

「ふふっ、ありがとう」

私のことなのに自信満々に言う夏樹くんがおかしくて、小さく笑ってしまう。すると、夏樹くんはうれしそうに笑みを深める。

この時間がずっと続いたらいいいと、心の底から思う。

きみに出会ってから、私は願い事ばかりが増えてしまったみたいだ。

時計台の時刻が午後十二時を回ると、私たちは木陰を探して休憩がてら芝生に腰をおろした。

「俺、そこらへんで飯買ってくっから、冬菜はここで待ってろよ」

「あ!」

お弁当作ってきたこと、言わないと!

そう思った私は、立ち上がろうとする夏樹くんの手をとっさにつかんで座らせる。

「冬菜?」

「お弁当——サンドイッチ! その、作ってきたの……」

「え……マジで!?」

「はい、マジです……」

ただのお出かけなのに、お弁当作ってくるなんて重いかな、と今さらながら不安になってくる。

私は裁判官の判決を待つ囚人のように、異様な緊張感を抱きながら夏樹くんの反応を待っていると——。

「すげぇ、うれしいんだけど……俺、夢見てね?」

「え……あっ、ふふっ、現実だよ」

よかった、喜んでくれてたみたい。

緊張が一気に消し飛んで、私は張りきってカバンからサンドイッチとお茶の入った水筒を取り出す。

「あ、レジャーシートとか、持ってくればよかったね」

お弁当のことばかり考えてて、肝心のレジャーシートを忘れてきちゃったな。

少し腰を浮かせると、芝生の草がスカートについてしまっていた。

あとではらうのが大変そうだと思いながら、仕方なくもう一度腰をおろそうとした時だ。

「あ、冬菜は俺の上着の上に座れ」

夏樹くんは腰に巻いていた上着を、芝生の上に敷いてくれる。

「え、汚れちゃうよ！」

「俺は男なんだから、汚れてもいいんだよ。でも、冬菜はせっかく可愛い格好してんのに、汚れたらもったいねぇだろ」

「えっ」

夏樹くんは首のうしろに手を当てて、はずかしそうにそう言った。

カッと顔に熱が集まるのが、自分でもわかる。

「……ほ、ほら、座れって！」

「あ、はい！」

しどろもどろになっている夏樹くんに肩を軽く押されて、上着の上に座る。

——可愛いって、言ってくれた。どうしよう、すっごくうれしいっ。

今日はタンスの肥やしになっていた、紺色のノースリーブのワンピースを着ている。デートとかそういうんじゃないのにはずかしい話だけれど、夏樹くんと出かけるからと少し気合を入れてしまった。

そういう夏樹くんはグレーのTシャツと黒のスキニーパンツに、私が踏んでいるチェック柄の上着を腰に巻いたオシャレな格好をしていた。

まさに今どき男子という感じで、隣に並んで自分が浮いていないかが、かなり心配になる。

「夏樹くんも、すごくかっこいいよ」

「なっ……殺し文句かよ」

「……え?」

夏樹くんはなぜか、片手で顔を覆ってしまった。そして、悶《もだ》えている。

なっ、夏樹くん……?

心配になった私は、夏樹くんの顔を下からのぞき込んだ。

「だ、大丈夫?」

「大丈夫じゃねーし!」

のぞき込んだ私から逃げるように、夏樹くんは背を向けてしまう。

「夏樹くん、とりあえずお茶飲む？」

「ん、そーする」

彼はこちらに背を向けたまま、手を差し出した。私がお茶を手渡すと、あおるように一気飲みす。

「ふー、死ぬかと思ったわ」

死ぬかと思った……？

どういう意味かわからないけれど、ようやくこちらを向いてくれた夏樹くんに私はホッと息をつく。

「サンドイッチ食べる？」

とにかく、謎の疲労感を感じている夏樹くんを労《いたわ》ろうと、サンドイッチを差し出してみる。

夏樹くんは顔をパァッと輝かせて、サンドイッチを見つめていた。

「おぉっ、すげぇうまそう！　中身何？」

「ベーコンエッグサンドだよ」

「名前までうまそうだな！」

「そう言ってもらえるとうれしい、召し上がれ」

私たちはベリーとルディーにもおやつをあげて、全員で昼食をとった。

夏樹くんは本当においしそうに、サンドイッチを平らげてくれた。

もし叶うなら、また作ってあげる機会があればいいなと思ったほどに、気持ちのいい食べっぷりだった。

昼食を食べ終わると、目の前に広がる池を眺めながら、しばらくふたりで休憩することにした。

「冬菜は、本当はよく笑うんだな」

「え、そうかな?」

「少なくとも俺は、笑ってる顔ばっか見てる気がする」

「それならきっと……夏樹くんのおかげだよ」

即答だった。

今までの私なら、絶対ありえなかった変化。

人を受け入れることが怖かった、誰かの心に踏み込んではいけないと思っていた。

私が相手を知ろうとすれば、逆に相手にも心をのぞかれるから。

それは最も恐れていたことなのに、今は知ってほしいとも思う。

けれど、最近はそれでいいのだと思えるようになった。

きみを知るための痛みも、変わっていく自分も、きみのそばにいるために必要なことだと思えば、好きになれそうだと思う。

「私が変われたのは、夏樹くんと出会ったから」

あの桜の雪を降らせてくれた入学式のこと、今も忘れない。

あれは彼が私にくれた、最初のプレゼントだった。

「夏樹くんは私が悲しかった時にイチゴ味のチョコレートで元気をくれて、思いっきり泣けるように雨の中へ連れ出してくれた」

「冬菜、でも俺は結局それしか……」

「他にもね、ピーターパンみたいに楽しい時間をくれて……」

自分がしたことを、そんなことと言ってしまう夏樹くんの言葉を遮《さえぎ》った。

夏樹くんの言う〝そんなこと〟は、私がいつも心からほしいと願っていたモノだったんだよ。

──きみは、私の世界の救世主だ。

「夏樹くんと出会って初めて、私はちゃんと息をしているんだって思った」

名前を呼んでくれる、私を見つめてくれる人がいる。

それで初めて光溢れる太陽の下、私はこの世界にちゃんと存在してるんだって実感できたんだよ。

私は芝生に寝転び、青空に片手を伸ばした。

距離なんて、生まれた時から変わらないはずなのに、空が前より近くに感じる。

「今までならきっと、この空を見ても、太陽の熱を感じても、風がそよいでも、何も感じなかったと思う」

見ているようで、この瞳は何も映していなかったのだろう。

手のひらを太陽にかざすと、指の隙間から光が漏れて、まぶしさに目を細める。

あぁ、私の世界はこんなにも明るかったんだって、今はすべての刺激を新鮮に感じることができる。

「今は、世界が色づいて見えるようになった」

「冬菜……」

座っている夏樹くんの手が、横たわる私の髪に触れた。

「え……？」

「ごめん、さわり心地よさそうだったから、つい」

困ったように笑って、流れるように広がる私の黒髪を彼がすく。

指で遊ぶように絡ませたり、離したりを繰り返す。

それを心地よく思いながら、瞼を閉じた時だった。

「奪ったのも与えたのも俺だなんて……複雑だな」

え……それって、どういう意味？

胸騒ぎがするような、意味深な言葉が耳に届いた。

「夏樹くん……?」

すぐに目を開けるけど、逆光で見えない夏樹くんの顔。

影になって見えないはずなのに、彼はぎこちなく笑っているような気がした。

「本当なら、触れることすら許されねぇのに」

夏樹くんに顔をのぞき込まれる。近づく距離に、ドキンッと胸が大きく音を立てた。

「俺なんかが触れたら、穢《けが》れるのに……」

俺なんかとか、穢れるとか、まるで自分を蔑むみたいな言い方をきみはした。

沈まない太陽が日食で影に覆われていくように、夏樹くんが少しずつ暗闇に溶けてしまいそうで不安になる。

「なのに、冬菜に近づきたくて仕方なくなる」

「え?」

「冬菜……俺は……」

太陽に雲が重なり、ようやく見えたのは愁《うれ》いを帯びた夏樹くんの瞳。

身動きひとつできず、静かに近づく夏樹くんとの距離に心臓が飛び出しそうだった。

なのに逃げ出そうと思わなかったのは、彼がひどく傷ついているように見えたから。

このまま唇が触れてしまいそうになった時、「ワンッ!」という声と唇に当たる黒いモフモフの感触が私たちを襲う。

「「ぶふっ」」

私と夏樹くんは同時にうめいて、顔を離した。

いつの間にか、私たちの間にベリーが素知らぬ顔で居座っている。

まるではかったかのようなタイミングで、ベリーは飛び込んできたのだ。

しかも、楽しそうに尻尾を振ってこちらを見つめている。

「べ、ベリーッ！」

「やべ、毛をちょっと食ったかも……」

苦い顔で舌を出す夏樹くん。

「だ、大丈夫？」

「だ、大丈夫……」

私は横になったまま、夏樹くんは私に覆いかぶさったまま、顔を見合わせる。

さっき、ベリーがいなかったら、私たちはあのまま……。

キスしてしまいそうだったことを思い出して、ボンッと顔が赤くなってしまう。

ベリーが来てくれて助かったような、さびしいような、自分でもよくわからない気持ちが胸に広がる。

「えーと冬菜、起きられるか？」

「あ、うんっ」

夏樹くんは気まずさとはずかしさを足して二で割ったような顔で、手を差し出してきた。私も赤い顔を見られないようにうつむきながら、その手をつかんで起き上がる。

そして、どちらともなくパッと手を離した。

気まずい、どうしよう、何か話題ないかな……。

困り果てていると、夏樹くんが「あ！」と声を上げてふいに立ち上がる。

急に立ち上がってどうしたんだろう？

不思議に思って「夏樹くん？」と声をかける。

「いいもん、見っけた」

「いいもの？」

先ほどまでの気まずさはどこへやら、夏樹くんは鼻歌でも歌いだしそうなほど上機嫌で、見ていた私の好奇心も騒ぎだす。

夏樹くん、本当に何してるんだろう。

その姿を視線で追えば、夏樹くんが公園にある花壇の前でしゃがみ込んでいた。

よく見ると、何かを拾っているみたいだ。

「冬菜、目を閉じろ」

「う、うん……」

ニコニコ笑う夏樹くんに気圧《けお》されて、言われた通りに目を閉じた。

すると、「少しさわるな」と耳もとで囁《ささや》かれる。

少しくぐもって聞こえた夏樹くんの声に心臓が早鐘を打ちはじめた時、耳の上に何かが差し込まれる感覚があった。

なんだろう、ふんわりとした甘い香りがする。

目を閉じているぶん、嗅覚《きゅうかく》が鋭く働いている気がした。

「おし、目ぇ開けてオッケー」

「は、はい！」

パチッと目を開けると、夏樹くんはニヒヒと不気味に笑った。

え、何……？　そんな、いたずらが成功したみたいな顔されても……。

私は困惑しつつ、夏樹くんの顔を凝視する。

「俺から、プレゼントな」

「プレ……ゼント？」

そういえば耳の上、何かがささってる。

私はカバンの中にある化粧ポーチから手鏡を取り出し、自分の顔を確認した。

すると、耳の上に藍色の花がささっていた。

「これ……朝顔……？」

花に目を奪われたまま、夏樹くんに尋ねた。

「地面に落ちてたやつで悪いな。でも、せっかく綺麗なのに地面に落ちてるだけなんてもったいないし、冬菜に似合うと思ったからさ」

夏樹くんは私のために朝顔をわざわざ拾ってくれて、似合うからと飾ってくれた。

きみが私のために行動を起こすたび、泣きたくなるほどうれしくなる。

自然にそばにいる人を幸せにしているってこと、きみは気づいてないんだろうな。

「私なんかのために……」

朝顔を傷つけないように、指先でそっと優しく触れる。

宝物がまたひとつ増えた。

きみと重ねていく日々が、光の花びらになって私の中に降り積もる。

「私なんか、じゃねーの」

「いたっ」

夏樹くんにデコピンされて、私は地味に痛む額をさすった。

「冬菜は自己評価低すぎなんだよ。お前は可愛くて、心も綺麗で、優しくて、とにかくすげぇヤツなわけ」

「そ、そんな大層《たいそう》な人間じゃ……むぐっ」

今度は夏樹くんの大きな手で、口をふさがれた。

夏樹くんって、最初会った頃よりイジワルになった気がする。

それが親しくなれたからだと思うと、なんだかくすぐったくて、言い表せない熱が胸のうちで広がっていった。

「それ以上、冬菜をイジメたら許さねーからな」

「んぐ?」

「冬菜自身であっても、お前を傷つけさせない。また、自分を蔑むようなこと言ったら、一生このまんま口ふさぐ刑だかんな」

夏樹くん……その刑は私の得にしかならないよ。

きみの強引さは、どこまでも優しい。

そして、どこまでも想いがまっすぐだ。

夏樹くんが私を守ってくれるから、存在理由をくれるから、今こうして自分らしく生きていられる。

きみへの想いは、感謝という二文字では収まりきらない。

だからね、きみも俺なんかが触れたら穢れるのに、なんて言わないで。

自分を蔑むみたいな言い方をしないで。

あぁそうか……。今、夏樹くんの気持ちが少しだけわかった気がする。自分を蔑んで傷つくのは、自分だけじゃない。私を大切に思ってくれている人たちもなんだ。

「うっ……」

「え、冬菜？」

「ふうっ……うぅっ」

気づいたとたん、目からぶわっと雫が溢れて頬を伝っていく。

夏樹くんは私の口から手を離すと、心配そうに見つめてきた。

「ごめんね、お花がうれしくって、つい……っ」

――嘘をついた。

本当は夏樹くんにも、自分自身を大切にしてって言いたかった。

でも言えなかった。その痛みは、きみが忘れられない女の子を救うことでしか消えない。だから、どんなに私が言葉を重ねても、きみが心から救われることはない。

私に優しくすることは、罪悪感を少しだけ軽くするのだろう。

でも、あくまでその場しのぎだ。根本的な解決にはならない。

「冬菜……そうか、冬菜は優しくされることに飢えてんだな」

夏樹くんの手が、いつもみたいに私の頭の上で落ち着く。

優しさに飢えてる……か。

たしかにそうなのかもしれないと思った。

今まで、優しさを貰えないことはあたりまえだった。

だから、優しくされると戸惑う。急に失ったらと怖くなる。

「冬菜、優しさは平等に誰にでも与えられる権利があると、俺は思う」

「平等に……？」

夏樹くんに出会う前の私なら、平等なんて綺麗ごとだってひねくれていたと思う。

だけど、きみが教えてくれたんだ。

優しさを受けること、友達という繋がりを得ること、自分のためにほしいモノを望んでもいいこと。

全部、きみが私にくれたモノ。

だから、夏樹くんの言葉の意味が今なら理解できる。

「ただ、優しさをくれる人間に出会えてなかっただけだ。世界は広いし、人もたくさんいる。その中に冬菜を好きになってくれるヤツもいるってこと、忘れんな」

「夏樹くんも……？」

無意識に尋ねていた。

どんな形でもいい、友人でも仲間でもいい、夏樹くんも私を好きでいてくれてるのだろうか。

今までなら、不確かなモノを望んだりなんてしなかった。

でも、きみのことだけはどうしても強欲に望んでしまう。叶う叶わないにかかわらず、きみを自然と求めているんだ。

「おう、俺も冬菜が大切で……好きだ、ずっと」

「え……？」

〝好き〟というその言葉に、心臓が大きく跳ねる。その好きは、どういう意味を持っているのだろう。

そんな私の戸惑いに気づいてか、夏樹くんはあわてて顔の前で手を振った。

「あ、いやっ……その、変な意味とかじゃなくて！」

「そ、そっか……そうだよね！」

それはそれで残念だなって思ってしまう私は、やっぱりわがままだ。

でも、夏樹くんと出会って知った。

蔑まれたり、否定されたり、誰かの悪になることでしか価値を認められないことが、どれだけさびしいことなのか。

望まれないことには慣れてるつもりだったのに、きみと出会って誰かの特別になりたい、愛されたいと思うようになった。

「うれしい。ありがとう、夏樹くん」

「お、いい笑顔じゃん」

心から笑えた。

そんな私を見て、夏樹くんはまぶしそうに目を細める。
その眼差しがあったかい。
優しくて、太陽のようで、たまにイジワルで。
これが、佐伯夏樹というひとりの人間なんだと改めて思う。
誰かを知りたい、向き合いたいと思う気持ち。
ありのままのきみを知るたびに、私の胸に炎が灯《とも》るような熱い想いが溢れる。
それは最初は小さかったけれど、どんどん大きくなっていった。
ふと、愛読書の一節を思い出す。
【恋はわがままに燃え、想いを押しつける一方的で熱い太陽のような感情である。】
さっき、どんな形でもいいなんて言ったけど……嘘だ。
本当は私、きみの中の特別になりたいと思ってる。
それはきっと、私の一方的な想いで、押しつけで、太陽のように熱い感情。
この気持ちはきっと――〝恋〟だ。
「っ……お花、ありがとう」
動揺を隠すように言った。
そっか、私は夏樹くんを好きになってしまったんだ。
気づいたら、もう止められない。

溢れてくる想いが、熱い血潮のように全身を駆け巡る。

「私、夏樹くんからもらってばかりだね」

一生知らないままだと思っていた恋心ですら、きみはくれた。

「俺は……冬菜に何かしてやりたくて、しょうがねぇーんだ」

夏樹くんの長くて細い骨ばった指が、目尻にぷっくりとふくれて留まる私の涙をすくった。

「あ……」

またさびしそうに笑ってる。

辛いあの過去を思い出してるのかな、と思った。そう、夏樹くんの優しさは温かくて悲しい。

私に好きだったあの子を重ねているからこそ、彼は私に心をさき、尽くすのだと思うと……。

生まれたばかりの淡く不安定な恋の炎に、水をかけられたように。

この朝顔の藍色のような、涙色の切なさを運んでくる。

夏樹くんがその罪から救われるには、どうしたらいいんだろう。

私にできることがあるのなら、なんでもするのに。

「……ありがとう」

ぎこちなく笑って、なんとかお礼を言えた。

初めて知った恋は……。

炎のように熱く焦《こ》がれるようで温かく幸せな気分にもなり、朝顔の藍色のように

ちょっぴり切なく、痛かった。

Chapter 3

光と闇は、紙一重

肌にまとわりつくような湿気が、さらりとした気持ちのいい風へと変わった九月。

夏休みは夏樹くんや琴子ちゃん、誠くんや琉生くんたちと一緒に、人生初めてのカラオケに行ったり、夏樹くんのバイト先に遊びにいったりして満喫《まんきつ》した。

カラオケは、みんなが歌うのを聴いていただけだけど……。

多分、今まで生きてきた中で初めて充実していた夏だったと思う。

楽しい時間はあっという間に過ぎ去るというのは本当で、夏休みも昨日で終わり、今日から新学期がやってきた。

「冬菜、はよ」

「っ、あ！」

夏樹くんより先に登校していた私は、読書しているところに急に声をかけられて肩をビクつかせる。

振り向けば、夏樹くんがこちらに笑顔を向けながら、机の横にスクールバッグをかけていた。

驚いたのは、単に症状が出たとかではなく、私の中に芽生《めば》えた恋心のせい。

夏樹くんを見ると、謎の動悸に見舞われるのだ。

私は教室では話せないので、スマホのメモアプリで《おはよう》と打って見せる。

「あ、今日な、朝起きたらルディーが俺の腹の上にいてさ。アイツ、でけーから苦しいのなんのって――」

「………」

どうしよう、夏樹くんがせっかく話してくれてるのに会話がまったく耳に入ってこない。

夏樹くんがそばにいることが、こんなにも緊張する。今まで隣の席で普通にしていられた自分が、信じられないくらいだ。

「――って冬菜、聞いてるか?」

ポンッと夏樹くんの手が私の頭に乗った瞬間、ガタンッと椅子《いす》がうしろに傾くほど、身をのけぞらせてしまった。

……あ、やってしまった。

そう気づいた時にはすでに遅く、目を見開いている夏樹くんと真正面から目が合う。

「ふ、冬菜?」

――あぁ、もう!

夏樹くんを好きだと気づいてから、どうもいつも通りに振る舞えない。

自分の心臓が、体が、自分のものじゃないみたいに騒いだり、固まったり。

「冬菜最近おかしくね？　なんか、あったのか？」

最近とは、きっと夏休みにみんなで遊んだ時のことだろうな。

みんなで行ったカラオケで夏樹くんの隣に座った私は、カラオケのリモコンを受け取ろうとして彼の手に触れてしまい、あわてて飛びのいた拍子に琴子ちゃんの膝《ひざ》の上に座るという失態を犯した。

琴子ちゃんは『琴子の膝は、ふゆにゃんの特等席に決定！』とか言って笑っていたけれど、私はそれどころじゃなくて笑えなかった。

ちなみに、ふゆにゃんとは琴子ちゃんが考えた新しい私のあだ名だ。

もろもろ思い返すと、はずかしくて死にそうになる。

「おーい冬菜、応答しろ！」

「……うっ！」

声をかけられてまた、私は椅子の上で飛び跳ねた。これで何度目だよ！と心の中で自分にツッコミを入れて勝手に落ち込む。

「う、ん」

聞いてる、聞いてる。

コクコクと何度もうなずいてごまかそうとすると、疑わしげな夏樹くんの顔がズイッと私に迫った。

その瞬間、ドキンッとひときわ大きく鼓動が高鳴る。

「うっ」

近い、顔近いよ夏樹くん！

驚いて固まる私の頬を、夏樹くんがツンツンと指でつついてくる。

「っう……むっ」

頬、頬さわられた！

心臓が破裂して、体がさらさらと砂のように崩れ去りそうなくらいの衝撃だった。

「嘘つくな、何かあったんだろ。俺には話せないことかよ？」

まさか、きみのことで悩んでるだなんて絶対に話せない。

きみが好きで意識しすぎてしまうだなんて死んでも言えないから、墓場まで持っていくことにする。

「そりゃあ、夏樹には話せないでしょ」

「あ？」

私の心の声を代弁したのは、誠くんだった。

「あったりまえじゃーん！　夏樹ってばニブニブ星人だねぇ」

誠くんの腕に抱きついている琴子ちゃんが、あきれたように言う。

「は？　なんでだよ」

「そんなの自分で考えなさい、ニブニブ星人」

「誠まで……やめろよ、そのあだ名！」

誠くんまで便乗しちゃってる……。

ニブニブ星人、しばらくからかわれそうだな。言われるたびに抗議する夏樹くんを想像して、私は苦笑いを浮かべた。

現に私もふゆにゃんにあだ名が変わってからしばらく経つけれど、今も呼ばれ続けているから。

新しいあだ名ができるか、飽きるかのどちらかがないと、終わらないだろう。

「ふゆにゃん、おはーっ！」

琴子ちゃんが私の首に抱きついてくる。

私は、おはようのあいさつの代わりに笑顔を返した。

「ふゆにゃん今日ね、すっごく誠くんがかっこよかったんだよーっ」

琴子ちゃんの報告に、それはいつもだろうと思いながらも相槌を打つ。

ふたりのノロケを聞くのも、気づけば日課になっていた。

「危ないから歩道側を歩きなって、手を引いてくれてね！　もう、まじキュンキュンって感じなのっ」

返事を返せない私に、琴子ちゃんや誠くんは諦めずに話しかけてくれる。

このままの私でもいいよ、と言われているみたいで、みんなのそばにいるのは心がポカポカと温かくなるから好きだ。

「ふゆにゃんも、恋してる目をしてる」

「っ、え！」

誠くんがニヤッと笑い、小声でそう言った。

もちろん、その隣にいる琴子ちゃんも同じ顔で笑っている。

ギクリとして、私は視線を彷徨わせた。

どうして、バレてるんだろう。私、何も言ってないのに……！

猛暑の夏は去って、秋が来たというのに、ダラダラと汗が止まらない。

「ついに惚《ほ》れちゃったかぁ〜。琴子、全力で協力するからね！」

「ふゆにゃんのためなら、バックサポートは俺たちに任せてよ」

ふたりの気持ちは純粋にうれしい。だけど、夏樹くんにこんな私はふさわしくない。

ううん、なにより夏樹くんには忘れられない女の子がいるんだからと、私はふたりの行為に感謝しつつもフルフルと首を横に振った。

「ふゆにゃん、どーして協力いらないの？」

琴子ちゃんがあからさまに落胆してしまったので、私はあわててスマホのメモに返事を打った。

《私では、夏樹くんを幸せにできないから》

スマホ画面を見せると、琴子ちゃんは目を見開く。

「どーして?」

琴子ちゃんは心の底から、不思議そうな顔をして尋ねてくる。

どうしてって……私は夏樹くんにとっては罪滅ぼしみたいな存在だ。夏樹くんを幸せにできるのは、過去に傷を負わせてしまったその子だけだから……。

だから、私には彼を幸せにはできない。

「だって、好きな人が隣にいてくれるんだもん。幸せに決まってるよ」

「う……っ、え?」

好きな人って……夏樹くんが私を好きってこと?

それは違うよ、夏樹くんが好きな人は忘れられないあの子だ。

どういった経緯で勘違いしたかはわからないけれど、なにかと夏樹くんがかまってくれているのは、私が彼の好きな女の子と同じ病気で、傷つけてしまった過去に罪悪感を抱いているからだ。

私自身を好きだから、優しくしてくれてるわけじゃない。

そんな琴子ちゃんの隣で、誠くんは「もしかして……」と言いにくそうにつぶやく。

私の顔色をうかがうように見つめると、意を決したように口を開いた。

「……話せないから？」

「……あっ……」

改めて言われると、胸が痛いな。

やっぱり私は、みんなとは違うんだって思い知らされるから。

話せないことも理由のひとつだけれど、今一番にこの恋の障害として立ちはだかっているのは夏樹くんの罪悪感だ。

「おい、なにコソコソ話してんだよ？」

仲間外れにされていた夏樹くんが、不満そうな顔で私たちの輪に入り込んできた。

「別に、夏樹のニブニブ星人ってあだ名を広めよう作戦とかしてないぞ」

もちろん、そんな話題は一切してない。

誠くんが機転を利かせて、まったく関係ないことを言ってくれたんだ。

「いやお前、それ絶対してただろ」

「やだな、俺だって夏樹の話でムダな時間使いたくないよ」

「誠、お前さりげなくひどいぞ」

誠くんは巧みな話術で話題をそらすと、なにごともなかったかのように振る舞う。

それに小さく息をこぼすと、いつの間にか夏樹くんが目の前に立っていた。

「わ、あっ」

「冬菜、顔色悪いぞ」

心配そうに声をかけてきた夏樹くんは、こうやって私の変化にすぐに気づいてくれる。私はそのたびに夏樹くんを好きになってしまうから、辛い。

だって、夏樹くんは私に特別な感情なんて抱いていない。

しいて言うのなら、贖罪《しょくざい》のためなんだろう。

だから、きみをこれ以上好きになることが嫌だった。

いっそ、離れた方が楽なのだろうか、なんて……。

そんなの無理だってわかってるくせに、言ってみる。

諦めきれない恋から、逃げられないことへの悪あがきだ。

「ごめん俺、聞いちゃいけないこと聞いたかも」

考え込んでいる私に、誠くんがこっそり謝ってくる。

「あっ……」

違う、そうじゃないんだ。

だけど、本当のことを話すのはためらわれた。

でも……こんなに優しくしてくれた人たちに、何も話さないままでいいのかな。

前に、夏樹くんが言ってくれた言葉を思い出す。

『可愛い花を見つけたとか、空が綺麗だったとか。冬菜が感じたもの、全部俺に教えろよ。俺はどれも知りたい』

ささいなことでも、知りたいって言ってくれた。

みんなは私の話をバカにしたり、笑ったりはしないと思う。

信じてるけど、怖くもある。病気とか障害って、自分が弱者になった気になるから。

「詳しいことはわからないけど、無理に話さなくてもいいよ。ふゆにゃんが何者でも、琴子たちはずっと一緒だから！」

「琴ちゃんの言う通り、俺たちは今ここにいるふゆにゃんの友達だからね」

ふたりとも……ありがとう。

今ここにいる私を友達だと言ってくれて、うれしい。

今まで、少しでもみんなと同じになりたくて、努力してきた。でも、話せない事実は変わらないし、相槌や笑顔をつくろうだけじゃごまかせなくて……。

小学生の時、その努力も虚《むな》しく私は仲間外れにされた。

琴子ちゃんや誠くんのことは好き。でも、どうしてもあの過去が消えなくて、今も私の心に巣食ってる。

大切な存在になってしまっているからこそ、場面緘黙症のことを話して、みんなを失ってしまったらと思うと怖いんだ。

話すか、話さないか。何が正しいのかを考えていた、そんな時――。

目の前に、可愛らしいピンク色の包装紙に包まれたキャンディーが差し出される。

知らず知らずのうちにうつむいていた顔を上げると、ニッと笑う夏樹くんと目が合った。

「食えって、プレゼントしてやんよ」

「あ……」

もしかして、私が悩んでるって気づいて……？

キャンディーも受け取らずに固まっていると、夏樹くんはガサガサと包み紙を開けて私の唇に親指を乗せると、無理やり開かせた。

そして、口の中にコロンとキャンディーを放り込む。

「ん……っ」

「元気になる魔法のキャンディーだ」

得意げに笑う夏樹くんに、暗い気持ちが不思議と明るくなっていく。

しかも、口内に広がる味はやっぱりイチゴ味だった。

チョコレートの時も思ったけど、今回のことではっきりした。

夏樹くん、イチゴが好きなんだ。

そう思ったら、かっこいい夏樹くんと可愛らしいイチゴとのギャップに、私はクスッと笑ってしまう。

「お、笑った、笑った」

口の中で転がるキャンディーの甘さと夏樹くんの笑顔につられて、私はもっと笑う。

それに背中を押されて、みんなにすべてを話そうという気持ちがストンッと胸の中に落ちてきた。

私はスマホのメモアプリを使って文字を打ち、画面を見せる。

《聞いてほしいことがあるんだ》

それを見たみんながうなずいて、私の席の周りに椅子を持ってくる。

授業開始まで時間があるから、みんなに病気のことを話すことにした。

「話したいことって?」

「琴ちゃん、急かしちゃダメだよ。冬菜ちゃんを待ってあげよう」

琴子ちゃんと誠くんの気遣いがうれしい。

心が少しだけ軽くなった私は、笑みを浮かべて文字を打つ。

《私、場面緘黙症っていう病気なんだ》

事情を知っている夏樹くんは私を見つめて、まるでがんばれと言うように静かにうなずいてくれた。

琴子ちゃんと誠くんは驚いたように画面と私を見比べている。

「聞いたことない病気だな」

教室で話しているからか、誠くんは小さい声でそう言った。

《家では普通に話せるの。だけど、学校とか他の場所では人に話している姿を見られるのが怖くて、まったく話せなくなるんだ》

とくに学校は小学校でイジメられていたこともあって、症状も強く出ていたと思う。

「家ではペラペラなの⁉」

琴子ちゃんにうなずくと、「えぇーっ」とものすごく驚かれた。

「琴ちゃん、しーだよ」

「あ！　ごめんね、ふゆにゃん」

琴子ちゃんの声に何人かは振り向いたけれど、すぐに興味を失ったように視線が外れてホッとした。

私は申しわけなさそうな顔をした琴子ちゃんに大丈夫だよ、という意味を込めて笑みを返す。

《家でも、話せるのは家族と、親戚でもとくに親しい人たちだけだったな》

話そうとすればするほど喉は締まるし、緊張で体がこわばる。悪循環《あくじゅんかん》だ。

「琴子、そういう病気があるの知らなかった」

「あまり知られてねぇからな」

「なぁんだ、夏樹は知ってたの？」

「あぁ……いろいろあってさ」

夏樹くんは琴子ちゃんに曖昧に答えた。

過去のこと、きっと言いたくなかったんだろう。そう、過去はいつもつきまとう闇のように、心を苦しめようとするから。

「俺も人見知りなのかな、くらいにしか思わなかった。今まで理解されなくて、辛かったこともあったんじゃない？」

誠くんの言葉にうなずく。

周りの人からしたら、人見知りだと思うことの方が普通だ。

話せない私は、理解してもらうための手段もなかった。

ううん、本当は夏樹くんが教えてくれたように筆談を使うとか、他の方法はいくらでもあったはずなんだ。だけど私は、探すことを諦めた。

だって、人とそこまでして繋がりたいとは思わなかった。

損得勘定だけのうわべの関係なら、最初からいらないと思ってた。

《小学生の時はそれでイジメられてた》

「くっ……」

夏樹くんの表情が曇り、痛みをこらえるように小さくうめいたのがわかった。

忘れられないあの子のことを、思い出してるのかな……。

私の過去とは関係ないのに、夏樹くんにとっては違うんだろう。

優しいきみのことだから、同じ境遇にいる私がどうしても自分の罪に見えてしまうのかもしれない。

「小学生って言いたいことはっきり言っちゃうっていうか、結構残酷だもんね」

琴子ちゃんの言う通りだ。

幼いほど言葉はストレートで、心を鋭くえぐる。

もし私がイジメる側にいたとしても、同じように平然と傷つけていたかもしれない。

変なものは変、気に食わないものは嫌い。

無邪気さは時に、鋭利な刃物のようだなと思う。

《もう、理解されるなんて無理なんだって諦めてた。でも、そんな時に夏樹くんが現れてくれた》

「俺……？」

迷子のような夏樹くんの瞳が、私を見た。

小さく笑みを浮かべてうなずけば、なぜかきみは泣きそうな顔をする。

《どんなに話さなくても、私を知ろうとしてくれた。それがうれしくて、いつの間に

か自分から話したいと思えるようになったんだ》

「冬菜……」

《家族以外で会話ができたのは、夏樹くんが初めてだった。だから、きみは特別。これは私からしたら、すごい進歩なんだよ》

――きみが、私の世界を変えてくれたんだ。

メモアプリで打った言葉を目にした夏樹くんが、さらに顔を歪める。

私はその手を取って、口パクで「ありがとう」と伝えた。

どうしても、自分の口で伝えたかったからだ。

「っ……俺の方こそ、ありがとう」

それを読み取った夏樹くんも、やっと笑い返してくれる。

いつか、この恩返しができたらいいな。この人を、心から救いたいと思った。

《それから、琴子ちゃんと誠くんとも出会って、私はありのままの自分を好きになってくれる人がいるんだって知った》

「「ふゆにゃん……」」

ふたりが真剣な顔で私のあだ名を呼ぶから、つい「ふっ」と笑いがこぼれる。

「ふゆにゃんに話してもらえるように、俺がんばる」

「琴子も夏樹を追い抜いて、ふゆにゃんとラブラブになって、もっともっと話してもらえるようにがんばる!」

誠くん、琴子ちゃん……。あぁ、私は友達に恵まれてるな。

初めてだ、こんな風に自分のことを誰かに話したの。

ここは居心地がいい。もう二度と知らなければよかったただなんて、思わないだろう。

《ラブラブなふたりを見ていると、私まで明るくなれるよ。いつも、優しくしてくれてありがとう》

大切な友達のふたりにも、知ってもらいたくて話したんだ。原田冬菜という、ひとりの人間を理解してほしかったから。

「……ダメだ琴子、泣きそう。ふゆにゃん大好き、今すぐギュッってしたい」

何かをモミモミするような怪しい手つきで、琴子ちゃんが私に迫ってきた。

それはちょっと……。

顔を引きつらせてのけぞる私に、助け船が現れる。

「琴ちゃん、それはやめようか」

お目付け役、彼氏の誠くんだ。

「誠ちゃんもギュッてしたいでしょ?」

「うん、ふゆにゃん癒しだし、したいけど……したら最後、夏樹に殺されそうだからやめとくよ」

誠くんは「ははは……」と、乾いた笑みを浮かべて夏樹くんを指さした。

「うげっ夏樹、顔怖っ！　余裕ない男って嫌よね、誠くん」

「男の嫉妬って醜《みにく》いよね、琴ちゃん」

ふたりは、主婦の井戸端《いどばた》会議のように、口もとに手をあててヒソヒソと話す。

でも、距離が近いせいでダダ漏れだ。

夏樹くんの顔がどんどん鬼の形相に変わっていくのを、私はヒヤヒヤしながら見守っていた。

「カップルともども、地獄に落ちろ！」

「『ニブニブ星人、うざぁーい』」

「お前らぁぁ～っ」

声をそろえて夏樹くんをいじる琴子ちゃんと誠くんに、私は顔をほころばせる。

病気のことを話しても変わらず接してくれるふたりがいる。これが今の私の日常だ。

この高校に来て、夏樹くんやみんなと出会えて本当によかった。

どうか、これから先もこの関係が壊れませんように、そう願った時だった。

「みんな席について、ホームルーム始めますよー」

この学校では数少ない女性教師で、担任の保坂《ほさか》先生が教室に入ってくる。

散らばっていた生徒が席につき静かになると、教壇に立った先生が口を開いた。

「今日は、うちのクラスに入る転入生を紹介します」

……え、転入生？

この時期に珍しいなと驚いていると、クラスメートからも「えぇーっ」という声が上がりざわつきはじめる。

「みんな静かに！　それじゃあ、園崎《そのざき》さん入ってきて」

先生が声をかけると、ガラガラと教室の扉が開いた。

パーマがかかった茶髪に、キリッとした目もとを主張する太目に引かれたアイライン。グロスの塗られた唇が弧を描き、美人な女の子が笑う。

「園崎咲《さき》です」

「園崎……？」

夏樹くんが、困惑したように名前を呼んだ気がした。

その瞬間、園崎さんが弾かれたようにこちらを見る。詳しく言えば私の隣にいる夏樹くんを、だ。

「え、佐伯？」

「っ……そうだよ、まさかお前が転入してくるとは思わなかった」

夏樹くんの表情が、どことなく暗い気がするのはどうしてだろう。まるで、この学校に来てほしくなかったみたいに聞こえる。

「つれないな、小学生からの仲じゃん」

「小学校が一緒だったってだけだろ」

しかも人当たりのいい彼にしては珍しく、態度が冷たい。

夏樹くん、どうしちゃったの……？

心配になって見つめると、視線に気づいた彼は気まずそうに私から目をそらす。

いつもまっすぐに見つめてくる夏樹くんが、私から目をそらすなんて……。

目をそらされたことは悲しいけど、それ以上に何があったんだろうと心配になる。

「あら、佐伯くんと知り合いだったのね」

「はい」

保坂先生の言葉に、園崎さんがうなずく。

「隣は原田さんが座ってるから……あ、列は変わってしまうけれど、その反対側の隣の席なんてどうかしら」

「原田……？」

園崎さんの視線がゆっくりと私に向けられる。

ドクンッと心臓が嫌な音を立てて、ざわめきだした。

まじまじと見られて緊張が増す。クラス中の視線が向けられているようで怖い。

「原田って、まさか原田地蔵？」

……え？　今、園崎さんはなんて言ったんだろう。

そのあだ名は、あのクラスの人間にしかわからないはずなのに、私の過去を知っているこの人は……誰？

頭の中が真っ白になる私とは反対に、転入生の園崎さんはイジワルく微笑んでいる。

「どこかで見たことあると思ってたんだぁ～。原田地蔵がいる高校に転入してくるとか、すごい偶然！」

「やめろ、園崎」

「なんでよ、佐伯が原田地蔵ってあだ名つけたんじゃん」

佐伯がって……夏樹くんが？

何言ってるの、夏樹くんはあだ名のことなんて知らないはず。

なのにどうして、なんの話だよって否定しないの？

なぜ夏樹くんは青い顔をしたまま、黙っているのだろう。

「喋らない、無表情で地蔵みたいだからって、佐伯がつけたんじゃん」

「……う、そ……！」

待って、佐伯夏樹って、園崎咲って……。嘘、でもまさかそんなこと、ありえない。

なのに、胸の奥底でうずく傷が主張してる。今感じている嫌な予感に確信があった。

出会った時もどこかで、聞いたことがある名前だとは思っていたけれど……。

今の今まで忘れていたのは……嫌な記憶に蓋をしようと、忘れようとばかりしていたからだ。

「ごめん……ごめん、冬菜」

ただ、それだけを繰り返してうなだれる夏樹くん。

夏樹くんが……。まさか、私にトラウマを与えた張本人だったなんて。

ねぇ、どうしてなの。だったらどうして私に近づいたり、優しくしたりしたの。

まさか、私をからかおうとして……？

蘇る、あの地獄の日々――。

『おい、なんか喋れよ原田地蔵』

そう、あの時も隣の席、クラスのムードメーカー的な存在の佐伯くんが、私にあだ名をつけて毎日毎日話さないことをいじった。

『ねぇ～、なんか言いなよ、原田地蔵』

そして、女子の中心人物。目立ちたがりやの園崎さんも、同じく私をからかって笑っていた。

今のふたりに、小学生の時の佐伯くんと園崎さんの姿が重なる。

「冬菜、こんな形で……知られる形になって……ごめん」

夏樹くんは、ひたすらに私に頭を下げている。

ということは、全部わかっていて私に近づいたんだ。

深い絶望の波にさらわれて、沈んでいきそうになる。

どうして……何も話してくれなかったの？

私のこと、だましてたの？

それで、隠れて笑ってた？

頭には、処理しきれない疑問と悲しみが溢れている。信じたくない事実と蘇る過去に、私はただただ言葉を失っていた。

ホームルームが終わると、園崎さんは真っ先に私たちのところへやってきた。

「原田地蔵、まだアンタ喋れないままなの？」

馬鹿にしたような笑みを浮かべて、平気で傷口をえぐる。この人は何も変わっていない。

私は悔しいのに、何も言い返せなくて唇を噛む。

「てか、佐伯また原田地蔵の隣なの？　呪われてんじゃん！」

知らないよ、そんなの……。

私も佐伯くんとまた隣の席になるなんて、思ってもみなかった。

彼の正体だって、私は知らなかったんだ。知ってたらトラウマになった相手の隣で、のほほんとなんてしていられなかったはず。

「なー、原田地蔵って何？」

「園崎さんたち、知り合いなの？」

騒ぎを聞きつけたクラスメートが、街灯に集まる蛾《が》のようにわらわらと寄ってくる。

「っ……はぁっ」

なんか、息苦しい……。

注目を浴びてることに、体が小刻みに震える。

私はみんなに気づかれないよう小さく息を吐き、無意識に喉を押さえた。

「うちら、小学校一緒なの。で、原田地蔵ってのは、佐伯が喋らない原田のことを地蔵みたいだからってつけたあだ名」

ドンッと、私の机に園崎さんが座る。

平然と人のテリトリーを荒らすところも、何もかも変わってない。

「ぶっ、ぴったしじゃん！」

「つか、夏樹ってば原田のことかばってたくせに、案外性格悪いのな」

クラスに笑いがわいて、表情がスッと消えたのが自分でもわかった。

心が冷たくなっていき、静かに閉じていく感覚。

この感覚、久しぶりだ。また理解されない、辛くて苦しい孤独な毎日が始まるんだろうか。

いっそ、そのまま感情すべてが消えてしまえばいいのに。

私は辛い現実から目をそらすように、そんなことを考えていた。

「よかったじゃん原田地蔵、お友達たくさんできて」

「………」

園崎さんが私に顔を近づけて、冷ややかな笑みを浮かべる。

お友達……。

これを友達と呼ぶのなら、私には必要ないガラクタのような繋がりだと思った。

転入してきたばっかりなのに、園崎さんはすでにクラスに溶け込んでいる。

そう、私を理由に笑いを作り、話題を作り、居場所を作る。

誰かと繋がりたい時、てっとり早いのは鬼ごっこでいう鬼を作ることだ。

この鬼は、みんなの知っているルールとは逆。鬼がみんなから追い立てられ、責められ、なじられる。

だから、その鬼役の私はいつもひとりだった。

ここでもか……。私は結局、どこへ行ってもひとりなんだ。

諦めにも似た気持ちでうつむいた時、隣の空気が動いた気がした。

「いい加減にしろ！　お前ら、なんで平然と笑ってられるんだよ！」

ガタンッと机を蹴《け》り飛ばして、夏樹くんが叫んだ。

教室内のざわめきが、瞬間冷却されたかのように凍りついて静まり返る。

「な、なに……どうしたの佐伯。佐伯だってこっち側でしょ?」

園崎さんは、困惑したように彼に近づく。

そんな園崎さんを拒むように、夏樹くんは鋭くにらみつけた。

「お前、いつまでこんなこと続けてんだよ。冬菜の気持ちを考えたら、今やってることがどんだけ最低なことかわかるだろ!」

「な、何言ってんのよ! そもそも、原田地蔵ってからかったのは夏樹じゃん、今さらなかったことにする気⁉」

「昔の俺とは違う。自分のしたことの重さを理解してるからこそ、言ってんだ」

夏樹くんは……後悔してるって言ってた。

その罪が忘れられず、苦しんできたのも知ってる。だって、そばで見てきたから。

じゃあ、夏樹くんの忘れられない人って……。

そこまで考えて、すぐにわかってしまった。彼の忘れられない人が、彼を苦しめていた存在が、私だったということに。

なのに、平然ときみの力になりたいだなんて……バカだよね。

私は〝佐伯くん〟をずっと憎んでいた。

でも、〝夏樹くん〟と出会って救われて、好きになった。

佐伯くんと夏樹くんは同一人物のはずなのに、私はまだ別人として見ようとしてる。

でないと、苦しくて痛くてたまらない。

嫌いなのは佐伯くんであって、夏樹くんじゃない。

そう思いたいのに、現実は甘くない。

佐伯夏樹は私の心を壊し、そして癒した人だった。

「何、どういうことなのさ？」

「俺たち、全然話が見えないよね」

すると、私のそばに事情を知らない琴子ちゃんと誠くんが立った。

ふたりがそばにいることに、少しだけ安堵する。

「でもとりあえず、ふゆにゃんのそのあだ名は超絶可愛くないから却下だよねぇ」

「琴ちゃん、そこ？って感じだけど俺も同感」

琴子ちゃん、誠くん……。

ふたりがかばってくれているのだとわかった。だけどなんでだろう、素直に喜べない。何か裏があるんじゃないか、そんな疑心が心を支配する。そんなはずないって思ってても、消せないから嫌になる。

「うちのふゆにゃんに喧嘩売るなら、まず琴子を通しな！」

「は？　なにこの頭悪そうな女」

園崎さんがうざったそうに琴子ちゃんを見ると、品定めするように目の前に立つ。

「原田地蔵の友達？　どうりでバカそうなわけだ」

「なんだとーっ」

そっか、琴子ちゃんが私の友達だからという理由だけで、一緒に蔑まれる。

そっか、私なんかをかばったから、琴子ちゃんは巻き込まれたんだ。

罪悪感が噴水のようにわき出てきて、心を黒く染め上げる。

「うざいから、引っ込んでなよ」

「え……やっ」

園崎さんに押されて、琴子ちゃんの体がうしろに傾く。

あ――琴子ちゃん！

最悪の事態が頭をよぎって、私は両手で口もとを押さえた。

「琴ちゃん！」

転びそうになった琴子ちゃんを、とっさに誠くんが抱きとめた。そして、怒りをこらえるように誠くんは笑みを作る。

「うわぁー、ひさびさぶちギレそう」

誠くんは低い声を震わせて、鋭く園崎さんを見すえた。

「なになに、バカ女の彼氏？　うっわ、イケメンなのに、なんでそんな女かばうのかなぁ。もったいなーい」

「相沢さんと貝塚だよ。イタイカップルで有名なの」

女の子たちは園崎さんに言うように見せかけて、わざとこっちに聞こえるように大きな声を出す。

この教室に充満する嫉妬や蔑みといった空気に吐き気がした。

「性格ブスと付き合う趣味はないから」

誠くんは黒い笑みを浮かべて、悪びれることもなくそう言った。

「はぁ!?」

「何驚いてんの？　あ、ブスって自覚なかったのか」

内心、はらわた煮えくり返ってるのが、誠くんの棘《とげ》のある言葉から感じとれる。

大切な琴子ちゃんを傷つけられたんだもん、あたりまえだ。

「………」

私が普通じゃないばっかりに、大切な人を巻き込んで傷つける。

ごめんね、琴子ちゃん、誠くん。

今まで通りひとりでいれば、ふたりをこんな目にあわせることもなかったのに。

そうだ、私がいなければよかったんだ。

小学生の時のように、静かにひっそりと透明な存在になる。

何を言われても傷ついた顔をしない、反応しないでいると、いつの間にか空気になれるから、おのずとみんなから忘れられていく。

――そうするべきだったんだ、初めから。

その答えにたどりついた私は、カタンッと静かな音を立てて椅子から立ち上がった。

全員の視線が、私に集まる。

「冬菜?」

夏樹くんに名前を呼ばれたけれど、それすらも無視をしてスクールバッグを手に教室の出口へと歩き出した。

そういえば、こんなこと前にもあったな、と他人事のように思い出す。

小学六年生の十二月。

そう、あの冬の寒さが心まで凍りつかせたあの日。

泣くところを見られたくなかった私は、教室で『原田地蔵』とからかわれ、耐えきれず教室を飛び出したんだ。

そして今も、私は教室を出て廊下を歩いている。

あの日と違うのは、廊下を走りながら泣いてないこと。悔しくて、どうして私なんだろうって何度も嘆いていないことだ。

今の私は、涙さえ流れない。

悲しいはずなのに、どうしてなんだろうと思う。

すべてが、どうでもよくなってしまっていたからかもしれない。

あの日を思い出すように、ふと廊下のまん中で立ち止まってみる。

授業開始が近いせいか、生徒はみんな教室に入り、廊下は人気がなく静かだった。

このあとは確か——そう、きみが追いかけてきたんだ。

『おい、原田！』

「冬菜！」

記憶の中の声に、誰かの声が重なる。

振り返れば、そこには高校生の姿をした夏樹くんがいた。

「急に出ていくから、心配した」

「…………」

わざわざ追いかけてきてくれたのに、どこか冷めた気持ちで事実を受け止めている私がいる。

好きな人なのに、うれしいはずなのに、どうして……何も感じないのだろう。

——あぁ、なくなってしまったんだ、心が。

「泣いてる……のか？」

「…………」

この質問も、あの日と同じだ。

泣いてなんかないのに、夏樹くんは昔も今もそう尋ねる。

世界は何も変わってなどいなかった。結局、私は暗闇の中でしか生きられない。そう思ったら、今見えている景色が色あせて見えた気がした。

「冬菜……俺はまた、お前から奪ったんだな」

夏樹くんは瞳に深い絶望を宿して私に手を伸ばし、頬に触れようとする。

それにビクッと体を震わせると、夏樹くんの手はピタリと止まった。

「あ……ごめんな。触れる資格なんか、ないよな」

夏樹くんが自嘲的に笑い、力なくその手をおろす。

こんなに胸が痛くて悲しい気持ちになるのなら、夏樹くんのことなんて知りたくなかった。再会なんてしたくなかった。

どうして、声をかけてきたりしたの……。

優しい一面を知らなければ、きみを責めることができた。また、傷つくことなんてなかったのに。

顔には出さず、心の中でポロポロと泣く。

「でも、もう……冬菜に背を向けて歩かないって決めたんだ。どんなに遠くても、お前の背中を追いかけて、今度こそ守るつもりだった」

「…………」

この世界は、黒く汚い。人間は普通じゃないモノを笑い、理解しようともせずに蔑む。救いようのない世界だったじゃないか。

むしろ、今までどうして忘れてしまっていたんだろう。

多分、楽しい日々を知ってしまったからだ。永遠に続くモノなんてないんだから、またムダな期待や望みを抱いてしまわぬように、すぐに忘れなくちゃ。

「も……う、ぁ？」

もう、私の世界を壊すのはやめて。そう言おうとしたのに声が出なかった。

あれ、今は夏樹くんとふたりしかいないのに……どうして？

心臓がドクンッと嫌な音を立てる。

まさかと思いながら口を開くけど、喉が締まってうめき声しか出ない。

もしかして、私――。

「冬菜、お前……声が出ないのか？」

私の言葉の続きは、夏樹くんが言ってくれた。

「そんな……嘘、だろう？」

夏樹くんのこわばった表情に、ああ、やっぱり話せなくなったんだと心が沈む。

もう、きみともお話しできないんだね。それが、何よりも苦しいよ。

でもきっと、みんなと一緒にいられたことも、誰かと言葉を交わすことができたのも、全部夢だったのかもしれない。

この幸せだった数か月は、心の奥底にある孤独への恐れが見せた幻想《げんそう》だったんだ。

そう自分に思い込ませて、これで使うことも最後だと思いながらスマホのメモアプリを起動する。

文字を打つと、それを夏樹くんに見せた。

《もう、私の世界を壊さないで》

「っ……冬菜、俺はお前の世界を壊したかったわけじゃない！」

《もう、やめて！》

「冬菜っ……」

名前を呼んだっきり、言葉を失った夏樹くん。

あの日とは違って、今度は私から背を向けた。これはみじめな姿を見せたくない、精いっぱいの私の意地だ。

「冬菜はずっと、ひとりぼっちでいる気なのか⁉」

夏樹くんが私の背中に向かって叫ぶ。

そうだよ、私と夏樹くんの歩く道は一生交わらない。

私が辿《たど》った道をどんなに夏樹くんが追いかけてきても、私には立ち止まる意思も、振り返る意思もないから。

「俺は……どうすればっ」

夏樹くんは、私を追いかけてはこなかった。

でも、それでいい。

私が目指す先は誰もいない場所であり、ひとりぼっちになるための道だから。

――だから、さよなら夏樹くん。

初恋は、罪の花

——俺は冬菜を……。

「あの暗闇の世界から、連れ出してやりたかっただけだ……」

遠ざかる冬菜の背中を見送ることしかできず、廊下のまん中で立ちつくしていた俺の声が虚《むな》しく響く。

一番笑顔にしてやりたかった女の子から、俺は笑顔を奪った。

冬菜を追いかけられなかった理由、それは怖かったからだ。

俺があの子の世界を壊してしまったから。

追いかけたことが間違いだったのか、関わったことがいけなかったのか、と考えを巡らせてみてもわからなくて、力なくうつむく。

そして、遠くて近い、いつも忘れるなとうずく過去の傷跡に引きずられるように、罪にまみれたあの日々に意識を奪われていった。

＊＊＊

四年前、小学六年生の春。

クラス替えをして新しい顔ぶれの中、俺は窓際にある自分の席へと歩いていく。

その途中で、俺の足がピタリと止まる。

窓から見える桃色の景色を背に、席に座る女の子。

開いた窓からそよぐ、やわらかい四月の風が、その長い黒髪をフワフワと揺らしている。

そのさまが木々を彩り揺れる桜の花のように見えて、つい見とれた。

——あの子と話してみたい。

そんな願いが通じてか、俺は無口で無表情な彼女の隣の席になった。

『おい、原田』

『…………』

そいつは原田冬菜といって、どんなに声をかけてもおびえるように顔をこわばらせ、一言も言葉を発さなかった。

その時の俺は、鳴かぬなら、鳴かせてみせよう、なんとやらで。

俺は移動教室の廊下や女子トイレの前での待ち伏せ、とにかくしつこいくらい冬菜に話しかけまくった。

そのたびに全力で逃げられたけど、そのうちに気づいた。

『なぁ原田、消しゴム忘れたのか？』

それはある日、冬菜が授業中に書き違えた文字を斜線で消しているのを見つけて、小声で話しかけた時のことだ。

冬菜は俺に突然話しかけられてオロオロしだすと、仕方なくといった様子で小さくうなずいた。

授業中で逃げられない状況だったとはいえ、冬菜から反応があったことがうれしかった俺は、自分の消しゴムをパキッと割って差し出す。

『仕方ねーな、俺のやるよ！』

『……っ』

ご機嫌にちぎれて不格好になった消しゴムを差し出す俺を、冬菜が驚いた顔で見た。

そんな表情の変化を見せてくれた彼女に喜びが隠しきれず、俺は授業中にもかかわらず浮かれていた。

何か、してやりたくて仕方なかったんだ。

誰かのために何かしたい、胸の奥底から突き上げられるような衝動を初めて知った。

この時から俺は、冬菜のことが好きだったんだと思う。

『あ……っ、あ』

そんな時だ、吐息に混じってか細い声が聞こえた。

俺は聞き逃さないように耳を澄ます。

先生の授業の声、ノートを取る鉛筆の音すべてがわずらわしいと思うほどに、きみの声をどうしても聞きたかった。

『がぁ……うっ』

冬菜は、話そうとしていた。この時だけでなく、これまでも何度も。

でも、すぐに無理だと気づいて申しわけなさそうな顔をする。

話そうとして、苦しそうに喉を押さえて、悲しげに諦めたように冬菜はうつむく。

本当はさびしくて、誰かと仲よくなりたいんだと気づいた瞬間だった。

『昼休み、一緒に校庭行こうぜ』

『………』

何も言わない冬菜の、『でも……』という心の声が聞こえてくる。

戸惑う彼女の瞳に、俺は安心させるように笑った。

『桜の絨毯、作ってやる！』

『………』

それを聞いた彼女は目をみるみる見開いて、瞬きも忘れたかのように俺を凝視する。

そしてすぐに、つぼみが花開くような笑顔を見せた。

――あ、笑った！

奇跡を目の当たりにしたかのような、そんな胸の高鳴り。

俺たちはみんなにバレないよう、顔を突き合わせて笑った。

この瞬間が永遠に続けばいい。そう思うほど、俺はきみに惹《ひ》かれていた。

そして約束の昼休み。

給食を食べ終わると、俺は冬菜の手を引いてさっそく校庭へとやってきた。

桜の木の下、降り積もる淡い薄紅色の花びらをかき集める。

一緒に集めようとした冬菜には、木陰に座っているよう声をかけた。

俺が冬菜にプレゼントしたかったからだ。

絨毯を作る俺を、桜の木の下に座る彼女が穏やかな表情で見守ってくれている。

温かくて、ゆっくりとした時間が流れていた。

とくに言葉を交わしているわけじゃないのに、俺の心は幸福感に満たされていた。

『原田、寝転べって！』

桜の絨毯を作り終えると、また冬菜の手を引いてそこへ座らせる。

『…………』

冬菜はうなずいて、俺に言われた通りに横になった。

その瞬間に広がった冬菜のやわらかそうな長い髪を踏んでしまわないように、俺は隣に胡坐《あぐら》をかいて座る。

桜に囲まれ、やわらかな笑顔で寝そべる冬菜は、花を見るよりずっと綺麗だった。

きみを眺めていると、胸にある幸せの種が芽吹いたように全身に温もりが広がる。

どんな事情があるのかはわからないけれど、いつか冬菜に話してもらえるように、頼られる人間になろうと決めた。

そんな時、『佐伯ーっ』と、遠くから俺を呼ぶ声がして、そばにクラスメートがわらわらと集まって来る。

『佐伯、鬼ごっこするんじゃなかったのかよ!』

あ、やべ……忘れてた。

『そうだよ、なんでこんなとこにいるの?』

約束したわけじゃないが、クラスの連中と外で遊ぶのは暗黙《あんもく》の了解だった。

俺は冬菜と過ごせることがうれしくて、他の奴らのことなど頭になかったのだ。

そう気づいても時すでに遅く、俺は今から参加すればいいかと笑って立ち上がった。

『なら、原田も一緒にやろーぜ』

そう言って誘うと、冬菜は無言でうつむく。

この時の俺は絶対喜んでくれると思っていたので、冬菜の表情が曇ったことが不思議でならなかった。

でもきっと、冬菜は人に拒絶されること、幻滅《げんめつ》されることが怖かったんだ。

なのに俺は、何も知らずに冬菜を振り回し、苦しめた。

全部俺の物差しで、うれしいに決まってるって決めつけて……。

知らないことは罪だと、俺はこれから身をもって知ることになる。

『ねぇ、喋んない原田なんてほっといて、早く鬼ごっこやろうよ』

『園崎……』

その中にいた園崎が、冬菜をチラッと見て俺の手をつかむ。

そのまま手を引かれながら冬菜を振り返れば、悔しそうにうつむいていた。

『は、原田も行こうぜ！』

たまらずそう声をかけても冬菜は無言で首を横に振り、まるで『楽しんできて』とでも言うように無言で微笑んだ。

その笑顔がさびしげで、締めつけられるような切なさを覚えた俺は胸を押さえる。

『ねぇ、なんか佐伯と原田仲よすぎない？』

『は、はぁ!?』

突然、園崎が疑うように言った。

その瞬間、周りにいたクラスメートの顔に好奇心を含んだ残酷な笑みが浮かぶのを俺は見逃さなかった。

『んなわけねーだろ、こんな地蔵みてぇなヤツ！』

からかわれるのを恐れた俺は、ムキになって思ってもないことを口走ってしまう。

その時の冬菜の顔は、見ていない。

見られなかったのだ、きっと傷ついた顔をしているから。

『地蔵とか、ひっどーい！　でもピッタリじゃん！』

『地蔵、地蔵ーっ』

園崎と他のクラスメートたちが、わっはっはと豪快に笑う。

止めないと、そう思うのにそれができなかった。自分が空気を乱して、みんなに嫌われたくなかったからだ。

『原田地蔵って呼ぼーぜ』

心とは反対に、口は最低な言葉を吐く。

傷つけたくないはずなのに、俺は好きな女の子を苦しめる言葉を浴びせ続けた。

俺の言葉に周りが笑いに包まれ、冬菜はその場から逃げるように駆け出した。

その背中を追いたかったのに、追えなかった。

そしてまた、冬菜が俺の言葉で泣きながら教室を飛び出したあの冬の日。

俺は後悔に耐えきれず、ついにその後を追った。

『泣いてる……のか？』

そんなのあたりまえなのに、俺は廊下で立ちつくしていた冬菜にそう声をかけた。

怒りをこらえるように振り返った冬菜のあの顔を、俺は二度と忘れられないだろう。

花が咲くように優しく笑う女の子だった。

俺はその子に永遠に笑うことのできない呪いをかけ、暗闇に閉ざされた世界へと落とした。

俺は……彼女にとっての悪魔だ。

最低で汚い、堕《お》ちるところまで堕ちた俺は、もうきっときみに笑いかけてもらえることもないのだろう。

深い絶望感に抵抗できないまま、どこまでも沈んでいくようだった。

『原田、俺……俺っ』

本当は、こんなつもりじゃなかったんだ。

そう言い訳しようとした自分が、嫌になる。

俺はずるい。彼女を拒絶したあの時はクラスの連中に、今は冬菜によく思われたいと思って行動している。

自己中心的な自分に、吐き気がした。口を開いたら言い訳ばかりが口をついてしまいそうで、俺は奥歯をギリッと噛みしめうつむく。

『こんなところにいた！　原田地蔵なんてほっといて、早く教室戻りなよ。これから、みんなで合唱会の練習だよ！』

自己嫌悪に陥っていると、俺を追いかけてきた園崎が腕を引っぱってくる。

『ねぇ、早く行こっ』

本当はまだ、ここを離れたくない。離れてはいけない気がした。

『お、おう……』

なのに俺は冬菜から目をそらして背を向けると、園崎と教室の方へ歩いていく。

どこまでも最低で最悪な人間だ。こんな俺に、彼女のそばにいる資格なんてない。

……いや、これも言い訳だ。

俺は冬菜よりも、クラスでの居場所を選んだ。俺は今、冬菜とは真逆の道を歩こうとしている。

俺たちの歩く道は、一生交わることはない。

そう、俺がくだらない薄っぺらい体裁《ていさい》で固められた道を捨てない限り、永遠に。

ふいに、俺は立ち止まり冬菜を振り返った。

『佐伯、まだ原田地蔵が気になってんの?』

『そんなんじゃ……ねぇし』

冬菜の背中は太陽の光も当たらない、暗い廊下の先へと消えようとしている。

あの子はこれから誰もいない場所へ、ひとりぼっちになるための道を歩んでいってしまうんだろう。

『俺の、せいで……』

ズクリと心臓に棘が刺さり、根を張るように絡みつき締めつけられる感覚に襲われる。

そして、長い時間をかけて俺は罪の花を胸に咲かせながら、今まで生きてきた。

中学は冬菜とは別の学校だった。

時が忘れさせてくれる。そんな風に過去から目をそらして生きていたけれど、やっぱり忘れられなかった。

——きみへの恋心も罪悪感も……。

＊＊＊

「俺はまた、繰り返すのかよ！」

廊下でみっともなく、泣き崩れてしまいそうだった。

あの日、幼い冬菜の背中を振り返って見た時のことが、頭から離れない。

今すぐにでもかき消えそうなほど儚《はかな》いモノに見えて、俺はまた彼女を追いかけて近づくことを恐れた。

「せっかく……ここまで追いかけて来たってのに！」

たまたま、小学校の時の同級生が冬菜と同じ中学校にいることを知った俺は、彼女が受ける高校のことを聞きだした。

冬菜の受ける高校は偏差値が高く、同じ高校を受けると言った俺を担任や周りの友人は無理だって笑った。

けど、もしまだ間に合うのなら、彼女の背中を追いたい。

その一心で必死に勉強をして、念願だったこの高校に入ることができた。

入学式の日、冬菜が同じクラスのしかも隣の席だと知り、傲慢《ごうまん》にも運命だと思った。

「今度会えたら、冬菜にいろんなうれしい、楽しいをあげたい。悲しませたぶん、俺が笑顔にしてやるんだって……っ」

そう決めたのに、俺はまた冬菜を傷つけた。

《もう、私の世界を壊さないで》

その〝もう〟というのは、何も知らなかった昔の俺が彼女の世界を壊した時のことを言っているのだろう。

だから、怖くなってしまった。

もう俺は、冬菜に近づいちゃいけないんじゃないかって。

「俺……」

なんで、守りたいのに傷つけることしかできないんだろう。

すべてを捨ててもいい、そう覚悟して冬菜に会いに来た。クラスでの居場所も、変なプライドも、冬菜以外に何もいらない。

なのに、俺は自分の何をまだ、守ろうとしているんだろう。

俺は……今でも冬菜が好きだ。

でも、それを素直に受け入れることは許されない。

俺は冬菜の傷そのもので、罪を背負ってる。

彼女には俺みたいな最低な男より、もっと冬菜のことを大切にしてくれるような男と幸せになるべきだと思うから。

とは言いながら琉生に嫉妬したりして、言葉と行動が矛盾してる。

「何もかもが中途半端なんだよ、俺は……」

自分が、本当に汚れた人間に思えて嫌になる。

「俺は……どうすればいいんだ……」

弱々しい情けない声が、静かに廊下に響いた。

——今日もまた、きみが遠い。

切なき、紅葉の便り

木の葉が色鮮やかな紅や橙《だいだい》に変わり、世界を秋一色に染め上げる。

風が少しだけ冷たくなり、秋の深まりを感じる頃。夏樹くんと話さなくなって、早くも二週間が経っていた。

夏樹くんは時々、何か言いたそうに私を見るけれど、それに気づかないふりをして視線をそらすという繰り返し。そんな日々に最近は心の疲れを感じていた。

今はホームルームで文化祭の役割決めをしている。

担任の保坂先生は委員会が入ったために不在で、代わりに現代文の時間、私に朗読を強要したあの教育実習生がいた。

「うちのクラスでは、シンデレラの劇をやります」

「役決めをしたいんですが、立候補、推薦《すいせん》があれば手を上げてくださーい」

文化祭実行委員のふたりが、役の名前を黒板に書いていく。

それを私には関係のない行事だと、どこか他人事のように見つめていた。

「シンデレラは、園崎さんがいいんじゃない？」

「そうだね、ハキハキしてるし」

「美人だし！」

園崎さんは転校してきてすぐ、クラスの人気者になっていた。

美しい容姿に加え、誰かをネタにしてみんなの気を引くのが得意な園崎さんは、早くもクラスの中心人物になりつつあった。

「じゃあさ、王子様は佐伯ね」

園崎さんの言葉にクラスの女子が「絶対似合う！」、「佐伯くんかっこいいもんね」と賛同する。

みんなの視線が同意を求めるよう、夏樹くんに集まった。

でも夏樹くんは、無表情に「断る」とそれだけ言って、腕組みをしながら目を閉じてしまう。

「佐伯ノリ悪いじゃん、どうしたの？」

「気が乗らねぇの、他のヤツにしろよ」

園崎さんに顔をのぞき込まれた夏樹くんは、冷たく言い放った。

あんなに笑顔が溢れてる人だったのに……。どんどん壊れていく、私のせいで。

見ているのが辛くなった私は、夏樹くんから目をそらした。

「つまんなーい！　でも、みんなは期待してると思うけどな？」

園崎さんが不敵に笑って、クラスのみんなをチラッと見る。

するとクラスのみんなは「そうだよ、夏樹しかいねぇーよ！」、「佐伯くんの王子様姿見たーいっ」と騒ぎたてる。

それを、気持ち悪いと思った。

みんな、心と言葉が一致してないからだ。

女子たちは、園崎さんが迷わずシンデレラに選ばれたことを決してよくは思っていないし、男子は本当はどうでもいいという顔をしている。

なのに笑顔を貼りつけて、わざとらしく同意するみんなが道化師のように見えた。

「それで、原田地蔵はぁ？」

園崎さんの蔑みを含んだ視線が私に向けられる。

それだけで気分が悪くなった私は、口もとを手で押さえた。

「地蔵の役かなぁー、あははっ！」

園崎さんの言葉に、クラスメートは顔を見合わせて曖昧に笑っている。

みんなは、本当におかしくて笑っているわけじゃないんだろう。

このやりとりをバカらしいと思っていても、園崎さんは自分に逆らう人を標的にして笑いのネタにするので、みんな怖くて話を合わせているのだ。

昔とまったく同じ状況ではないけれど、みんなが自分を守るために誰かをのけ者にするところは、あの時と変わらない。

あぁ、ムダだなこの時間……。自分の役割だけ言って、抜け出しちゃおう。

そう思って席を立とうとすると、「はーい」とこの場の空気を壊す声が教室に響く。

私は腰を上げたまま、斜め前の席で手を上げている人物を呆然と見つめる。

「園崎さんはシンデレラっていうより、意地悪な継母役《ままははやく》が似合うと思うので、推薦しまーす」

そう、声を発したのは誠くんだった。

琴子ちゃんも誠くんと同じように手を上げる。

「はーい、琴子も賛成っ！」

ふたりとも、どうして……。

私のためにしてくれたことだと、すぐにわかった。

でも、そこまでしてくれる理由がわからない。

人は大きな存在、いわゆるその環境の王様に流される。その人が言ったことは絶対で、王様が右を向けば右を向き、左を向けば左を向く生き物なのだ。

その王様は今、このクラスという環境では園崎さん。

従った方がみんな孤独にならないから、楽なはずなのに……。

「バカップルうざぁい〜っ、咲、反吐《へど》が出そう」

「あれ、今の相沢さんの真似？」

「ぶはっ、超似てる！」

園崎さんは琴子ちゃんの真似をして、からかう。みんなもバカみたいに笑って、くだらないと思った。

前に夏樹くんが自分の罪を打ち明けてくれた時、傷つけてしまった人の気持ちを考えて、優しくなろうと変わってくれる人もいるんだって、うれしかった。

なのに、この人はやっぱり変わらない。

何も感じていない人もいる、それが現実だった。

私はスクールバッグを手に静かに席を立つと、黒板の方へ歩いていく。

みんなの視線が追ってくるのがわかり、足が震えそうになった。

それでも早く退散したかった私は、黒板の前にたどり着くとチョークを手に取り、『衣装係』の役割の下に自分の名前を書いた。

「えっと……原田さんは衣装係でいいの？」

文化祭実行委員の言葉にコクリとうなずくと、チョークのついた手を叩きながら教室の出口へと歩いていく。

「衣装係とか面倒だし、ラッキーだね」

「進んでやるとか、やっぱ根暗《ねくら》！」

背中越しにクラスメートのヒソヒソ話が聞こえたけれど、気づかないふりをして教室を出た。

それと同時に、授業終了の鐘が鳴る。

ここからはもう昼休み、どこへ行こうと先生にとがめられることもない。

「あれ、冬菜ちゃん？」

どこへ行こうかと廊下をふらふら歩いていると、誰かに声をかけられて振り向く。

そこにいたのは購買帰りなのか、ビニール袋を手にした琉生くんだった。

「やっぱり冬菜ちゃんだ」

私の顔を見ると、うれしそうな顔で琉生くんが駆け寄ってくる。

そういえば、琉生くんと話すの久しぶりだな。あの体育祭以来、うちのクラスにもあまり来なくなったから。

「なんか久しぶりだな」

「う、ん……」

私はぎこちなく笑って、うなずいた。

好きだと言われた手前、どう接していいのか戸惑っていたからだ。

「……やっぱり、気を遣うよな。だと思って遠慮してるつもりだったんだけど、冬菜ちゃんの姿見たらつい、声かけてた」

苦笑いの琉生くんに、私はハッと目を見張る。

もしかして、クラスに来なくなったのも私に気を遣わせないためだった……？

その優しさに、申しわけなさがふくらんでいく。

私は無自覚に、琉生くんを傷つけていたのかもしれない。

「そういえば、あれから夏樹とはどうなったんだ？」

「っあ……」

今はあまり触れられたくない話題が出て、心臓がバクバクと大きく鳴り出す。

なんて返事をしようか考えていると、「冬菜！」とまた名前を呼ばれた。

私は琉生くんと同時に声の主を振り返る。

そこには、肩で息をする夏樹くん本人がいた。

「冬菜、話がしたいんだ！」

「っ……」

追いかけてきてくれたんだ……でも、話すことなんかない。

もう、誰かに踏み込むのはやめるって決めたんだ。きみにも、もう私の世界を壊さないでと忠告したはず。

なのに、どうして追いかけてきたりするの？

きみに会うたびに胸の傷が痛むから、もう関わらないでほしいのに、と夏樹くんを責めたい気持ちになる。

「少し、時間をくれないか？」

「……お前たち、なんかあったのか？」

あきらかにぎこちない私たちを、琉生くんが驚いたように見比べる。

「琉生、悪いけど冬菜借りる」

「っ……や！」

夏樹くんに手首をつかまれた私は、乾いた音を立てて勢いよくその手を振り払った。

「ふ、冬菜？」

「……っ、はぁ、はっ」

どうしよう、つい振り払っちゃった。

だけど今は決意が揺らぎそうになるから、夏樹くんとふたりきりになりたくない。

私はどうしたらいいのかわからず、振り払った手を胸もとに引き寄せてうつむく。

「ごめん、無理やりするつもりじゃ……」

「っう……！」

もう一度伸ばされた手に緊張が最高潮に達した私は、夏樹くんから逃げるように駆け出した。

「おい、待てって！」

背中に夏樹くんの声が届いた。それでも私は必死に走る。誰もいない場所を探して、自然と足が向いたのは裏庭だった。

「冬菜！」

「はぁっ……はっ」

全速力で逃げたのに、裏庭の入り口で夏樹くんに追いつかれてしまう。

うしろから腕をつかまれた私は、なす術《すべ》なく立ち止まった。

でも、どんな顔をすればいいのか、何を言えばいいのかわからず、振り返れない。

「冬菜、俺……話がしたいだけなんだ」

「……っう……っ」

ほっといてって、言いたいのに……。

口を開いても、出るのは小さなうめき声だけ。そんな自分にいらだつ。

「そうだよな……やっぱりもう、俺の前では話せないよな」

泣きそうな、夏樹くんの声に胸が苦しくなった。

私はきみを苦しめている過去そのものだから、傷つけることしかできないのにそばにいる資格なんてないんだ。

そう自分に言い聞かせて、必死にきみへの消えない想いから目をそらそうとする。

「せっかく誰かと生きようって、踏み出してくれたのに……本当にごめんっ。俺の顔なんて、二度と見たくないよな」

きみのせいじゃない。きみの顔を見たくないだなんて、そんなことあるはずがない。

だって、心でどんなにきみを否定しようとしても無理だったんだ。

――私がまだ、きみのことを好きだから……。

この想いを声に出して伝えたい。そうしたら、きみはまた笑ってくれるのかな。

そんな期待を込めて夏樹くんに振り返り、口を開く。

「あ、う……」

なのにどうして、今まで出てくれていた声が出ないの！

どんなに夏樹くんを好きでも、もう後戻りできないくらい、私たちはすれ違ってしまったのかもしれない。

だから、これは運命なんだろうか。

「冬菜、これからいくらでも償《つぐな》う。だからそばにいさせてくれ、頼むからひとりにならないでくれ！」

「うぅっ……」

夏樹くんは、太陽の下で生きるのがふさわしい人だ。

なのに、私がきみの歩く道を陰らせる。

それに耐えられるほど、私は強くなれないから……。

私は静かに首を横に振り、夏樹くんの言葉を拒絶する。

「冬菜！」

「理由は知らないが、冬菜ちゃんが望まないことを強要するのはやめとけ、夏樹」

夏樹くんの言葉を遮ったのは、琉生くんだった。

心配して、私たちを追いかけてきてくれたのだろう。琉生くんは私をかばうように、夏樹くんの前に立った。

「琉生……でも俺……っ」

「夏樹、俺が身を引いたのは、お前の心に嘘がないってわかったからだ。前にも言ったよな、大切なのは過去じゃなくて今だって」

「…………」

琉生くんの言葉に、夏樹くんは黙っていた。

いや、言える言葉がなかったのだ。私と夏樹くんは過去に囚われたままで、今を生きられていないから。

「お前が過去に囚われているうちは、悪いが冬菜ちゃんは俺が預かる」

「琉生！」

「夏樹が冬菜ちゃんを傷つけるようなら、俺も本気でかっさらうって言っただろ。今はまだ、預かるって言ってるんだ」

どういう……意味だろう。

だけど夏樹くんには意味が伝わったのか、ハッとしたような顔をした。

そして、「お前、それでいいのかよ?」と意味深に尋ねる。

「何が?」

「琉生だって冬菜のこと……今はチャンスだろ」

「……俺は、心が欲しいんだ。それが得られないならせめて、幸せになるまで見届けたいって思う」

「お前……」

「だから、早くけじめをつけるんだな」

そう言って小さく笑った琉生くんが、今度は私に向き直る。そして、優しくすくい上げるように手をつかんできた。

琉生くん……?

いったい何をする気なのか、意図が読めずに困惑する。

「行こうか、冬菜ちゃん」

どこへ……?

笑顔の琉生くんに手を引かれるまま、私は裏庭の奥へとどんどん歩き出す。

ふいに置き去りにした彼のことが気になって振り返ろうとすると、「今は振り返らない方がいい」と琉生くんに止められた。

どういう意味か知りたくて琉生くんの横顔を見上げると、優しい眼差しで見つめられる。

「冬菜ちゃん、お昼一緒に食べないか？」

だけど、返ってきたのはお昼のお誘いで、ほしい返事ではなかった。

そして琉生くんに連れてこられたのは、夏樹くんとの思い出が詰まった裏庭の池の前だった。

私は琉生くんと木陰のベンチに座り、とくに会話もなくお弁当を食べる。

食欲はなかったけれど、他にすることもないので、私はお弁当箱からご飯をただ口に運ぶというベルトコンベア的な感覚で無心に食事をした。

そんな私の隣では、琉生くんが綺麗な所作《しょさ》でサンドイッチを食べている。

沈黙の時間の方が多かったけれど、琉生くんは時々……。

「あ、この辺カワセミが鳴いてるんだな。カワセミって、あの翡翠《ひすい》色の体に赤い口紅ひいたみたいな鳥なんだけど、見える？」

ピーピーと鳴くカワセミの話をしてくれたり。

「あの紅白の中に黒の斑点《はんてん》がある鯉がいるだろう？　あれ大正三色《たいしょうさんけ》っていって、大正時代に誕生したらしい」

ビオトープの中を泳ぐ鯉が水面を揺らせば、そんな豆知識を話してくれたりした。その時感じたものを話してくれるから、話さなきゃと焦ることもなく、沈黙も居心地がよかった。

「俺には冬菜ちゃんたちにどんな過去があったのか、わからないけどさ」

琉生くんがポツリとつぶやいて、本題に触れてくる。

私は食べる手を止めて、静かに話に耳を傾けた。

「ただ、あの時こうしてればって、後悔しないでほしい」

琉生くんの夜の静けさにも似た低い声は、心が落ち着く不思議な力があった。

だから私は、穏やかな気持ちでその言葉を受け止められている。

「人は限られた時間しか生きられないんだ。だから精いっぱい、思うままに生きた方が得だぞ」

「………………」

思うままに……生きられるのなら、そうしたい。

だけど、お互いの存在が過去の傷になっているのに、そばにいても辛いだけだ。

できれば見たくもない、触れたくもないモノのはずなのに、夏樹くんはどうして私に関わろうとするのだろう。

「『きっと』とか、『だと思うから』とかさ、結局想像でしかないんだよ」

琉生くんに心の中を見透かされているようで、ドキリとした。

「本当に辛かったら、俺のところに逃げてきていい」

「……あ……」

「だから、したいと思うことを迷うな。傷ついても、後悔しないように生きるんだ。俺が冬菜ちゃんに告白したみたいに」

「っ……し……て」

どうして、そんなに優しくできるの？　強くいられるの？

私は琉生くんの想いに、応えられなかったのに。

フラれて傷ついても、琉生くんは後悔していないってことなのだろうか。

「冬菜ちゃんが向けてくれる感情が俺と同じモノでなくても、俺はきみの味方だし、助けたいって思う」

「………」

「それが、きみを好きになった俺が心からしたいことだ」

この人は……優しくて強い人だ。

見返りを求めない、純粋な思いやりを私に注いでくれている。

人を好きになると、そこまで誰かを大切に想えるものなのかな。

私は夏樹くんを好きなのに、あげられるモノがひとつもない。その資格もない。

だって私は……普通じゃないから。

だけど、琉生くんが言ってるのはそういうことじゃないんだ。

私が想像だけで悩んでしまうのは、自分が傷つきたくないから。

夏樹くんに拒絶される前にと、私は彼から逃げてしまった。

そんな生き方は後悔するよって、琉生くんは教えてくれているんだ。

「まぁ、そんなにすぐ答えは見つからないだろう。だから冬菜ちゃん、不安な時は話してくれ。いつでも相談に乗るからな」

私の頭にポンッと手を置いて笑う琉生くん。

告白を断っても、変わらずに接してくれる。利害関係なく、好きな人の幸せを願える。こんな人に私もなりたいと、心から思った。

傷ついても向き合うことは怖いことだ。

夏樹くんだって、私を追いかけることにたくさん悩んだはず。それでも私のそばにいると言ってくれたこと、うれしかった。きみの勇気と優しさに私も応えたいと思う。

だけど……私はそんなに強くなれない。やっぱり、拒絶されてしまった時のことを考えるし、その痛みを味わうくらいなら遠ざけた方がいいとも思う。

前に進むための勇気を、私はまだもてずにいた。

昼休みが終わり、ぼんやり窓の外を眺めるだけの授業を終えて放課後がやってきた。

私は回ってきた掃除当番のために階段を雑巾《ぞうきん》がけして、教室へと戻ってくる。

すると、そこに人はいなかった。それぞれ、部活や掃除に散ったのだろう。ここに人がいないのは別に特別なことじゃない。

わかってるけど、つい数週間前まで私の周りがにぎやかだったことを思い出してしまい、この静けさに余計に孤独を感じる。

私がみんなを不幸にすると考えたら、誠くんや琴子ちゃんともどう接していいのかわからず、ぎこちなくなってしまっていた。

重い足取りで自分の席へと戻ると、机の上に手紙が置かれていることに気づく。

なんだろう、これ……。園崎さんの嫌がらせとかだったら嫌だな。

恐る恐る封筒を手に取ると、そこに送り主の名前はなかった。

中から二つに折りたたまれた便箋《びんせん》を取り出すと、ふわりと視界に朱色がよぎり、机に舞い落ちる。

「……え？」

そこにあったのは、橙から朱へと変わる途中の紅葉《もみじ》の葉だった。不思議に思って手に取って、まじまじと見つめる。

どうして、紅葉……？

ふいに、桜の花びらを降らせてくれた夏樹くんの姿が、瞼の裏に浮かんだ。

──まさか……ね。

あの笑顔を思い出すと、胸が苦しくなる。

嫌になるくらいきみの存在が心の中を占めていて、そばにいないことが切なくて、泣きたくなる。

だから私は、きみのことを意識から切り離すようにして、紅葉を片手にゆっくりと手紙を開くことに集中する。

「あっ……」

一行目に『冬菜へ』の文字があった。

二行目に私への謝罪の言葉があり、確信する。

この手紙はきみからなんじゃないかと、心のどこかではわかっていた。

でもどうして、私宛てに手紙なんて書いたのだろう。

見て見ぬふりだってできたはずだった。なのに、きみが綴る想いだと思ったら、無視なんてできなかった。

読んだら虚しくなるだけなのに、諦めが悪い。今でもまだ、きみへの恋心を捨てきれずにいるんだ。

「っ……すう、はぁ……」

ドキドキする胸を深呼吸して落ち着かせる。そしてゆっくりと、夏樹くんの文字へ目を走らせた。

冬菜へ

初めに、謝らせてほしい。

俺は冬菜にしてきたことがずっと忘れられなくて、最初は罪滅ぼしのつもりで声をかけたんだ。

でもそれって、俺が消えない罪から逃れたくてしたことだったんだよな。

その結果、冬菜を傷つけて本当にごめん。

でも冬菜と出会ってから、その純粋で綺麗な心にどんどん惹かれていった。いつの間にか罪滅ぼしとかじゃなく、ただ冬菜の力になりたいって思ってた。

冬菜のこと、笑顔にするためにがんばろうって思えた。

だから、冬菜が初めて笑ってくれた瞬間も、初めて聞かせてくれた言葉が俺の名前だったことも、全部がうれしかった。

今でも、冬菜を幸せにしたい気持ちは変わらない。

冬菜はひとりじゃない。

俺が言えた義理じゃないけど、冬菜を想う誰かがいることを忘れないでほしい。

いつまでも、冬菜の味方だ。

夏樹より

紅葉と一緒に届いたのは、夏樹くんの曇りない想いだった。

「っう……」

夏樹くん……。

きみを想うと、ハラハラと桜が散るように涙が降る。紅葉が朱く染まるように好きが深くなる。

紅葉の花言葉って、確か……〝大切な思い出〟だ。昔、本で読んだことがある。

きみはこの紅葉を見ながら、手紙を書きながら、何を想っていたんだろう。

私と過ごした時間を、大切だと思ってくれていたのかな。

そう思ったらうれしくて、私たちを縛る過去があまりにも切なくて、胸が苦しい。

夏樹くんは、罪滅ぼしのために私のそばにいたわけじゃない。

心から私のためを思ってくれている。なのに、まだ夏樹くんを信じることが怖い。

裏切られる瞬間を知ってしまうと、一歩踏み出すことが怖くなってしまうのだ。

それに……やっぱり私は、夏樹くんにはふさわしくないよ。人前で話せないことで、いつかきっと迷惑をかける。

なにより、きみは私を見つめるたびに過去を思い出して傷つくから。

重荷にしかならないのに、そばにいたいなんてわがまま言えない。

だけど、琉生くんは後悔しないようにぶつかれと言う。

そのための勇気が、今の私にはまだなくて……。

「っう……ううっ」

紅葉を見つめて、声なき声とともに静かに涙をこぼす。

してはいけない恋だと思うほど、想いを止められなくなるのはなぜだろう。

――痛いのに、苦しいのに、きみが好き。

もうすぐ、この紅葉のように空が淡い橙から濃い茜色《あかね》へと変わっていく。

まるで深くなっていく私の恋心を映すような空から、なぜか目線をそらすことができなかった。

Chapter 4

集う、光たち

昨日、冬菜に手紙を渡した。

時は無情にも過ぎていくばかりで、季節は俺の心を置き去りにして変わっていこうとする。こうして離れている間にも冬菜が遠ざかってしまいそうで、とにかく必死だった。

あの手紙を、冬菜が読んでくれたかはわからない。

わかってる。何かせずにはいられなかった、俺の自己満足だ。

俺は今日も昼休みになったとたん、教室を出ていってしまった冬菜の席をぼんやりと見つめてしまう。

「ねぇねぇ佐伯、うちらとご飯食べよーよ」

クラスの中でも人気のある女子を、まるで自分の飾りのように侍《はべ》らせた園崎が俺に声をかけてくる。

俺からしたら、うるさいわ、香水キツイわで微塵《みじん》も惹かれない。

俺が心惹かれるのはたったひとり、冬菜だけだ。

「断る」

それだけ言い放って、俺はいつものように誠と琴子と一緒に昼飯を食べる。

「本当に、ムキーッて感じだよね！」

「琴ちゃんの言う通りだよ、食欲が失せるね」

誠と琴子は人懐っこくて、めったに人を嫌わない。そんなふたりが園崎をよく思わないのは、相当なことだ。

「ねぇねぇ、ふゆにゃんとはあれから話してないの？」

「……話なんて、できる状況じゃなくてさ」

俺は琴子にそう返事をして、うなだれるように机に突っ伏した。

目を閉じれば、そこには闇しかなかった。

冬菜がこんな暗闇の世界にたったひとりでいるのかと思うと、胸が締めつけられる。

世界はもっと光に溢れていて、色があって、温かい。悲しみしか知らない冬菜に、俺は教えてやりたかったんだ。

……なんて、奪っておいて何様だよって感じだけど、この数年間ずっと彼女の幸せだけを願って生きてきた。

「ふゆにゃんに逃げられてるのは、俺たちもだよ」

誠のさびしそうな声に顔を上げれば、琴子も一緒に暗い顔をしていた。

このふたりにとっても、冬菜は特別な存在だったんだ。

「夏樹、俺らはいつまで部外者なの」

「……え？」

誠の言葉に体を起こしながら、俺は戸惑いの声を漏らす。

「そうだよ！　琴子たちは夏樹とふゆにゃんの親友じゃん」

「琴子……」

たしかに、俺はいつまで秘密にするつもりなんだろう。吐き出した方が楽なのはわかってる。

それでも、怖いのだ。

俺の最低で最悪な過去を大切な友人に知られることが、それで失うことが。

そこで気づいた、俺がまだ守ろうとしているモノ、それは本当の友人との絆《きずな》だと。

コイツらを失いたくなくて、俺はまた冬菜から逃げている。

そんな自分が情けなくなって、ふたりから視線をそらすようにうつむいた。

そんな時、「夏樹！」と誰かに呼ばれた。

顔を上げれば、教室の入り口に琉生が立っている。

こちらに向かって軽く手招きをすると、なぜか誠と琴子まで呼ばれて、俺たちは屋上へと連れてこられた。

秋の澄み切った空に、飛行機雲が流れている。

外に出ると、少しだけ気持ちが解放されたような気になって、俺は静かに深呼吸をした。そして、今一番気になっていた不安を吐き出すように琉生に尋ねる。

「琉生、冬菜といたんじゃなかったのかよ？」

てっきり、一緒に昼飯を食ってると思ったのに……。

冬菜がひとりでいると思うと、ものすごく不安になる。

「ひとりで、考える時間も必要だろ」

なんてことないように言った琉生に怒りがわいた俺は、思わずその肩をつかんだ。

「さびしい思いしてたらどうすんだよ、また園崎にからまれでもしたら……っ」

「お前な……」

「アイツは自分の気持ちを言葉にできないぶん、たくさん傷を胸に抱えてる。もう、そんな痛みを負わせたくねぇーんだよ！」

俺は琉生の言葉を遮って、まくし立てるように言った。そんな俺に、琉生はあきれるようなため息をつく。

「お前な、冬菜ちゃんはもう小学生じゃないんだぞ」

「でもっ」

俺の中にいる彼女は、いつも泣いてる小学生のままだ。

それを思い出すたびに、もう泣かせてはいけないと強く思う。

「もう、自分で選択して進めるし、全部先回りしてやることが必ずしも優しさとは限らない」

先回りして冬菜が傷つかないようにすることの、何がいけないんだよ。

それがわからなかった俺は、反抗的な態度で琉生をにらんだ。

「傷ついてからじゃ、遅いんだよ！」

「傷ついて学ぶこともある。こうしてお前と冬菜ちゃんがぶつかって、痛い思いをしたのにも意味があるんだ、きっと」

俺たちがこうなってよかったなんて……俺は思えない。

ふたりとも、ただ痛いだけじゃないか。

俺は、彼女を優しさの真綿《まわた》に包んで、もう誰にも傷つけられないように守ることが正しいことだと信じてきた。

なのに今、そのすべてを琉生に否定された気がしていらだつ。

「夏樹、詳しいことはわからないけど、俺もリュウ坊に賛成かな」

「おい誠、リュウ坊呼びはやめてくれないか」

琉生がA組に遊びに来るたびにしている、何回目かわからないこのやりとりを無視して、俺は「どういうことだ？」と聞き返す。

「俺と琴ちゃんがずっと仲よしでいられるのは、喧嘩してぶつかった時、ふたりでこれからこうしていこうって話し合えるからだよ」

誠はそう言って、琴子を愛おしそうに見つめる。

その視線に気づいた琴子もまた、同じように温かい眼差しで誠に微笑んでみせた。

それだけで、ふたりの絆の強さがわかる。

「喧嘩しなかったらお互いの不満にも気づかないし、何が悲しいとか、辛いとか、大切な人の気持ちを知らずにいたかもしれない」

「誠くんの言う通り！　琴子は大好きな人の心を知らないまま生きていくくらいなら、傷ついてもいいから知りたいって思うな」

「傷ついて得るのは、心だよ」

誠と琴子が俺を挟むようにして立ち、励ますように肩をポンポンと軽く叩いた。

「俺が出会ってからの夏樹はまっすぐで、好きな女の子に一途《いちず》で、バカみたいに考えなしの即行動派だ」

「琉生……」

コイツらと出会ってからの俺は、そんな風に生き生きとしてたのか。

考えてみれば、冬菜を傷つけてしまったあの過去から、何もかもが色あせて見えていた世界。

それがコイツらと出会って、少しずつ楽しい、うれしい、そんな風に考えられるようになって、色づいて見えた。

みんなは過去ばかり見てしまう俺の〝今〟を見守ってくれていたんだと気づく。

「だから、もう目をそらすな。俺たちは夏樹がどんな過去を背負っていても……」

「知らないままの方がよかったなんて、思わない」

言いかけた琉生の言葉を誠がつなぐ。

「その過去があったから、今の優しい夏樹がいるんでしょ?」

最後に琴子が、俺に嘘偽りのないまっすぐな瞳を向けて、そう言った。

「お前ら……」

なんか、胸が目もとがジーンと熱くなる。

うれしさと感謝と信頼と、たくさんの想いが溢れて喉でつかえる感覚。それらをうまく言葉に当てはめられないけど、ただただうれしかった。

もう、隠さなくてもいい。コイツらなら受け止めてくれるから、すべてを話そう。

その決心を自然にさせてくれたみんなに、心から感謝した。

「聞いてほしいことが、ある」

俺は恐怖に耐えるように、グッと拳を握りしめる。

冬菜の遠ざかる背中を思い出して、「逃げるな」と自分の気持ちをふるい立たせると、俺は冬菜との過去を話しはじめた。

みんなは神妙《しんみょう》な面持ちで耳を傾けていて、話し終えてもしばらく誰も言葉を発さなかった。沈黙が俺の不安をかき立てて、心臓が耐えきれなくなってきたその時――。

「だから夏樹は、ふゆにゃんにちょっかいをかけてたのか」

沈黙を破ったのは、誠だった。

「お前、その償いのために冬菜ちゃんを守ろうとしてるのか？」

続けて琉生にかけられた言葉に、俺は首を横に振って答える。

「最初の頃は、たしかにそうだったかもしれない。でも今は冬菜のことをひとりの女の子として好きになったから、笑顔にしてやりたいと思ってる」

迷いなんてない。

時々、罪悪感と体裁、後悔に自分の気持ちを見失いそうになるけれど、この想いだけはずっと小学生の時から俺の中にあった。嘘偽りない、冬菜への恋心だ。

「夏樹は、本気でふゆにゃんラブなんだね」

にっこり笑って言う琴子に、俺は観念してうなずく。

「っ……否定はしねぇーよ」

この気持ちからは、逃げたくなかった。

ただ、正直に言ってすぐにはずかしさがこみ上げてきた俺は、頬をかきながら視線を彷徨わせる。

「「熱いねぇ」」

誠と琴子が声をそろえて、俺をニヤニヤと見た。

コイツら……俺をからかって楽しんでるな。

いつもそうだ、いつも。

俺は深いため息をつき、琉生に視線を投げて助けを求める。

「仕方ないな……そこのふたり、脱線するなよ。話が進まないだろう?」

琉生は面倒そうだったが、俺を助けてくれた。

「「いいじゃん、リュウ坊のケチ」」

「ケチ……?」

琉生の凛《りん》とした顔が、不可解なものを見つめるように歪んだ。そこから読み取れるのは〝困惑〟だった。

「「リュウ坊のミジンコ～」」

「ミジンコ……意味不明だ。とにかく、バカップルは少し黙っててくれないか」

琉生が頭を抱えた。

このふたりの言ってることのほとんどは、意味のないものばかりだ。

ただ、琉生はマジメだからいちいち反応する。

ふたりにしたら、最高のからかい対象だろうな、と少し哀れに思った。

「琉生、コイツらの行動について考えるだけムダだぞ。何も考えてねぇからな」

「未確認生命体と遭遇したみたいだ……」

「素なんだよ、これが」

俺も最初会った時は、結構な衝撃だったな。突拍子もない発言したり、彼女の方は変なあだ名をつける癖《くせ》があるし、彼氏の方は一見普通に見えるが琴子とセットになったとたんにバカになる。

「ちょっと、早くふゆにゃんとおバカ星人の仲直り作戦立てよーよ」

「おい琴子、それあだ名じゃなくて、ただの悪口だからな！」

おバカってなんだよ、おバカって……。

今までで一番雑なあだ名じゃないか、と心の中で文句をたれる。

言ったらまた話題がそれるから、ぐっとこらえた自分をほめてやりたい。

「うるさいよ、おバカ星人。話が進まないでしょ」

「話を脱線させたのは、お前らだ！」

琴子と一緒になって俺をからかう誠に、すかさずツッコミを入れる。

真剣な話をしているというのに、条件反射でいつもの調子で返してしまった。

そういえば俺、さっきまで不安だったのが嘘みたいに胸が軽くなってる。

コイツらと話してたら、悩んでたこと全部がバカらしく思えてきた。

「『おバカ星人、その調子！』」

「暗い夏樹なんて、気味悪いからな」

声をそろえて俺をからかう誠や琴子と一緒に、琉生が笑う。

それを見て気づく。

あぁそうか、俺を元気にするためにわざと騒がしく振る舞ってくれていたのか。

慰め方は相変わらずひどいけれど、俺は自然に笑えている。

「そういうヤツだよな、お前らって」

話してよかったと心から思えた俺は、照れくささをごまかすようにそう言った。

なんだよ、俺を泣かせるつもりかよ。

思えば不安な時、コイツらはさりげなく俺を励ましてくれていた。

俺は……ひとりじゃないんだな。俺のしてきた過去を思えば、理解してくれる人間なんて誰もいないだろう、そう思っていた。

過去に囚われて生きていく時間は、孤独だった。

でもそうか、もっと早く頼ればよかったんだ。

みんなを信じられていなかったのは、俺の方だったのだと気づいた。

「俺、冬菜ともう一度、歩き出したい」

そのためには、あの過去に向き合わなきゃならない。

それがどれだけ辛い道でも、この痛みに意味があると信じて前に進もう。

「ではでは、ふゆにゃんラブリー大作戦、いっちゃおう！」

唐突に、琴子が両手を上げて飛び跳ねた。

「「お、おう？」」

なんだ、その奇天烈《きてれつ》な作戦名は？

というような、琉生と俺の心と声がシンクロした。

「とにかく、俺たちの作戦を聞きなよ」

「むふふ〜っ」

意味深に微笑む誠と琴子に、俺は琉生と困惑気味に顔を見合わせたのだった。

『ふゆにゃんラブリー大作戦』始動

「……勇気って、どうしたら出るんだろう」

夏樹くんから手紙をもらった次の日の昼休み。私はひとり、裏庭のベンチでお弁当を食べていた。

ひとりで考える時間がほしかった私は、お昼を一緒に食べようと言ってくれた琉生くんの誘いを断ったのだ。

だけど、いくら考えても悩みは永遠に頭の中でループして、答えが見つからない。

信じることを怖いと思ってしまうこの気持ちを、どうしたらごまかせるんだろう。

「ねぇ、原田地蔵」

考え事をしていると、突然、園崎さんがひとりで現れた。

どうして、こんなところに……なんにせよ最悪の事態だ。

いつもは取り巻きも一緒なのに珍しいなと思いながら、私は身がまえる。

今度は何をいちゃもんつけられるか、わかったものじゃない。

私はベンチに座ったまま無言で園崎さんを見上げ、いつでも逃げられるようお弁当をしまい胸に抱えた。

「アンタさ、佐伯のこといつまで縛るつもりなわけ」

「っ、う……」

夏樹くんのことを、縛る……。

それは、私が一番自覚している。

だから、園崎さんの言葉は、釘を刺しては引き抜いて、もう一度刺すかのように私の心をむごくえぐった。

私は園崎さんと目が合わせられなくて、うつむく。

言い返す言葉もない、だって事実だから。

「いつもそう、アンタばかりが佐伯に目をかけてもらえた」

「……あ、うっ」

目をかけてもらえただなんて……。夏樹くんは私に罪悪感があったから、仕方なく優しくしていただけだよ。

そうやって私と一緒にいる間、きみは心で思っていたはず。辛い、苦しい、悲しいって、いつになったら私から解放されるだろうって。

そう思ったら、翼をもがれた鳥のように身動きがとれなくなり、もう二度ときみのもとへは飛べないのだと絶望した。

「喋れないから、かわいそうだから、そうやって佐伯の親切心を利用して、あたしから佐伯を奪わないでよ！」

親切心を利用して……か、痛いな。

たしかに私は夏樹くんから、無条件に優しさをもらってた。

それが、かわいそうだからって理由なら……悲しすぎる。

「あたしはずっと、佐伯を見てきたの。だから、絶対にアンタになんか渡さない」

それだけ言って、園崎さんは踵《きびす》を返す。

「…………」

その背中を見てわかった。

園崎さんは夏樹くんのことが本気で好きなのだ。

だから当然、好きな人を傷つける私のことが許せなかった。

私……。

園崎さんの姿が完全に見えなくなって、心でつぶやく。

踏み出さなきゃいけないことはわかってた。このままだと、私という存在がみんなを不幸にしてしまうから。

好きな人も、友達も傷つけるくらいなら、もう終わりにしなくちゃいけないよね。

痛くても、傷ついてもきみに……さよならって言わなくちゃ。

「ううっ……」

自分で言ったのに泣きそうになるのは……夏樹くんへの恋に未練《みれん》があるからなんだろう。

それでも、誰かを傷つけるのも、傷つけられるのも、もう終わりにしたいから。

あぁ……本当にきみが好きで、大好きだった。

目が熱くなり、涙が頬を静かに伝っていく。

「あぁっ……」

きみが私の中から、早く消えてくれますように。

秋の風が頬をなでると、ヒヤリとする涙の跡に重ねて雫が伝う。

お願いだから、この痛みごと風がさらってくれればいいのに。

きみを想うと幸せなのに、絶望も同時に襲ってくる。だから忘れたいのに、きみという存在が心に居座って、なかなか消えてくれない。

嫌いになれたら……どんなによかっただろうっ。

涙とともに吐き出すのは、きみへの文句だ。

嫌いになろうとすればするほど、好きが募《つの》る。

出会わなければよかったのだろうか。引き返せない恋に泣くくらいなら、他人でいた方が楽だったはずだ。

「ふっ、ううっ」

この恋に幸せな結末なんてないのに……どうしてきみが好きなんだろうっ。

みっともなく泣いた。

どうせ、誰も私を見ていない。私という存在を必要としてくれる人なんていない。

いっそ、夏樹くんと出会ってからの記憶がすべて消えてしまえばいいのにと思う。

でもきっと、きみと過ごした時間が抜け落ちた私は、喜怒哀楽《きどあいらく》のない壊れた人形のように生きていくんだろう。

きみがくれた心という贈り物は、喜びと絶望を同時に連れてきた。

きみを失うことは心を失うのと同じことなのに、私はきみを消したいと思っているはずなのに、失いたくないと思うなんて矛盾してる。

私が心から望むこと、それはいったいなんだろう。

もう、自分の気持ちがごちゃまぜになって、わからない。

でも、はっきりしていることがひとつだけある。

——きみに……さよならをする。

もうきっと、その答えしかない。

どれだけ考えても、きみを好きな気持ちも、一緒に幸せになれない事実も、何もかも変わらないのだから。

私は涙をぬぐうこともせずに、ぼんやりと空を見上げる。

もう迷わない、ちゃんと決めたから。だから……今だけは泣いてもいいよね……？


夏樹くんに『さよなら』を伝えようと決意した放課後のことだ。

私が彼へ話しかけるより先に、誠くんと琴子ちゃんに捕まってしまった。

「ふゆにゃん、このあとついてきてほしいところがあるんだ」

「俺たちの一生のお願い、聞いてくれる？」

本当は今日、夏樹くんと話したかったんだけどな。

そう思いつつ、潤《うる》んだ瞳で一生のお願いをされてしまった私は仕方なくうなずく。

時間が経てば経つほど、さよならを告げるのが辛くなる。だからこそ、決意が揺らぐ前にお別れを伝えたかったんだけど……。

「「じゃあ、行こっか！」」

「うっ……う、ん？」

これから、どこへ行くというんだろう。

私はふたりにうながされるまま、帰り支度をして学校を出る。異変に気づいたのは、既視《き し》感のある住宅街に入ったところからだった。

住宅街の中にある公園で遊ぶ、子供たちの声。そのにぎやかな公園の中を抜けて、坂になっているイチョウ並木の道を進んだ先にある建物には覚えがあった。

どうして……あの場所に向かってるの？

怖くなって、すくむ足がピタリと歩みを止めてしまう。

そんな私に気づいた琴子ちゃんと誠くんが、こちらを振り返った。

「信じてついてきて、ふゆにゃん」

「ひとりで歩けなくなったら、俺たちが手を引くから」

琴子ちゃんと誠くんが私を挟むように立って、手を握ってくれる。

それに、不思議と不安が和らいだ。

「ふゆにゃん、琴子たちはふゆにゃんに幸せでいてほしいよ」

「夏樹とふゆにゃんが前みたいに……ううん、違うな。この先、過去に囚われずに一緒に笑っていてほしい」

琴子ちゃん、誠くん……。

ふたりの優しさに、ついうなずいてしまいそうになる。

でも私、もうさよならするって決めたんだ。夏樹くんのこと、私の人生に巻き込みたくないから。

そう自分に言い聞かせながらも、ふたりが言った夏樹くんとの幸せな未来を想像してしまった。

きみのそばにいられたら、どんなに毎日が輝いていただろうって。

「冬菜ちゃん、答えを決めるのは、もう少し待ってほしい」

「っ、え？」

どうして、わかったんだろう。

誠くんは、私の心の声が聞こえていたかのように言う。

「この道を戻る時には、ふゆにゃんの今の答えが変わってるかもよ！」

帰りにまたこの道を通る時、私はどんな選択をして歩いているのだろう。笑顔で言った琴子ちゃんに、私は戸惑いを隠せない。

それは私の世界を百八十度変えてしまう、そんな不安と期待を抱かせた。

それでも歩みを止めなかったのは、もう一度だけ誰かを信じてみたいと浅はかにも思ってしまったからかもしれない。

イチョウ並木の坂を上がり切って見えた光景に、今すぐ帰りたい衝動に駆られた。

見慣れた通学路を進むうちに、嫌でも気づいた。

私は門の前で立ち止まると、目の前にそびえ立つ、白い年季《ねんき》の入った建物を見上げる。それは所々くすんでいて、それだけ時間が経ったのだとわかった。

けれど、変わらないのはこの場所で受けた傷の痛み。

もう二度と訪れたくなかったここは、私の通っていた小学校だった。

「ここに、ふゆにゃんのことを待ってる人がいるよ」

無言で立ちつくす私の手を、琴子ちゃんが軽く引いてそう言った。

私のことを、待ってる人……。

そう言われて思い浮かぶのは、たったひとりだった。

太陽の光に透けると、金色に見えるブラウンがかったクセのある髪。はっきりとした二重を細めて、ニッと笑うきみの姿が脳裏《のうり》に浮かぶ。

まさか……夏樹くんなの？

「大丈夫、ふゆにゃんはひとりじゃないよ」

今度は誠くんがそう言って、琴子ちゃんと一緒に私の手を引くから、私は一歩だけ門の向こうへと足を踏み出してしまう。

その瞬間から、底なし沼にでもはまったかのように足取りが重くなった。

「歩けなくなったらさ、琴子たちがふゆにゃんをかついであげる」

「逃げたくなったら、俺たちが一緒に逃げてあげるから」

ふたりの言葉が、私に進む勇気と逃げ道をくれる。

少しだけ、進む足が軽くなった気がして、私はじんわりと温かくなる胸に目もとが熱くなった。

「うっ……ふ、うっ」

泣きそうになってうつむけば、涙で足もとが歪んで見える。

そんな私に気づいたふたりは、「『ふゆにゃん！』」と同時に名前を呼んできた。

顔を上げればいつの間にか、『六年二組』と書かれた教室の前にやってきている。

「うっ……」

辛い記憶そのままの形で変わらずに残っている教室を見たら、胃に違和感を感じた。

気持ち悪い、吐き気がする。

私はとっさにふたりから手を離して、口もとを両手で覆う。

ここは……嫌いだ。私をみっともなく、みじめな気持ちにさせるから。

「この一度だけでいい、信じてアイツに会いにいってあげて」

誠くんのお願いは聞いてあげたいけど、とてもじゃないが無理だ。

心が、体が、全力でこの場所にいることを拒否している。この場にふたりがいなかったら、きっと倒れていただろう。

「でも、琴子はきっと大丈夫だって信じてるよ」

励ましてくれるのはうれしいけど、怖くて足がすくんでしまう。

群れる人を愚《おろ》かだと言い、虚勢《きょせい》を張っていた私。いつも強がってばかりで、結局何もできない自分を、この場所は思い出させる。

そんな無力感に打ちひしがれていると、笑顔のふたりが教室の扉を開けて、踏み出せずにいた私の背中をポンッと優しく押した。

「あっ」

それは、たった一歩、踏み出すだけの強さ。気づいたら、私は教室に足を踏み入れていた。押された反動で少しだけ前かがみになり、また数歩足が出る。

そんな私の耳に、「会いたかった」と小さく迷うような声が届いた。

この声は、まさか……。

ゆっくりと顔を上げれば、窓際の席に手をついて静かに微笑んでいる夏樹くんの姿がある。

あの席は、小学六年生の私と夏樹くんが、初めて同じクラスになった時の席だ。

「お願いしたら、教室を少しだけ貸し切ってくれたんだ。本当、変わんないよな」

私は教室の入り口で立ちつくしたまま、向けられる澄んだ黒曜の瞳を見つめ返す。

どういうつもりで、私をここに呼んだんだろう……。

わからないことばかりで、夏樹くんの会話に何ひとつ反応できない。

「もう、目も合わせてもらえないと思ってたからな。来てくれて、ホッとした」

夏樹くんもさびしいって、思ってくれてたのかな。そうだったらいいな、なんて
……。

またムダな望みを抱きそうになった時、私はそれらをかき消すように頭をブンブン

と横に振った。

私は、彼にさよならをしに来たのだ。

目的を忘れてはダメだと、決意を揺らがせてはダメだと、自分に何度も忠告する。

「あのな、ここに冬菜を呼んだのは……この場所が俺たちの心を縛ってるからだ」

「…………」

それは、違いないけれど……。

わざわざどうして、思い出したくもない過去が詰まったここへ連れてきたりしたのだろう。

お互いにただ、痛くて苦しいだけなのに。

「ここが、俺たちが別々の道を歩き出した分かれ道だったから、来てもらったんだ」

夏樹くんがまた、私の心の声を読む。

ここは、たしかに私たちの分かれ道だったと思う。

きみは私の向かう孤独な道とは反対へ進み、お互いの道は永遠に交じり合わない、そう思っていた。

でも、神様のいたずらなのか、同じ高校になり道が重なってしまった。

私たちの運命が、もう一度動き出した瞬間。それがよかったのか悪かったのか、今の私にはわからない。

「後悔はずっと胸の奥に残って、俺たちの心を苦しめる。前に進めないように、この場所に心を縫いつけようとする」

夏樹くんの言う通り、私の中にある後悔はいつも私の心に影を落とす。

うしろから糸でもつけられているみたいに、私を過去へ引きずり込もうとして辛い記憶を呼び起こす。

何度、あの辛い日々を夢に見たかわからない。

「それを終わりにして、俺は冬菜とこれからの人生を一緒に生きていきたい。そのために、ここに来た」

夏樹くんの言いたいことはわかった。だけど、私はそれを受け入れられなくて、静かに首を横に振る。

「冬菜、どうしてだ?」

悲しげに聞き返されて、私は自分のスクールバッグからスマホを取り出した。

そして、久しぶりにメモアプリを起動して、返事をする。

《いくら過去を清算しても、病気が治らない限り、これから先も何も変わらない》

そう、結局同じことが繰り返されるだけ。

高校を卒業しても、大学に行ったとしても、社会人になったとしても……。

それはこの十六年間で、嫌というほど思い知らされた。

《結局、この世界は私みたいな歪《いびつ》な存在を嫌うでしょう？》

「歪……」

夏樹くんが、悲しげにつぶやいた。

だけど、自分を例えるならその言葉がしっくりくる。

不完全で、受け入れられない孤独な生き物。

誰にも理解されないことなんて、あたりまえだった。

他の人と同じになんてなれないから、この先も蔑まれて生きていくことは目に見えている。

《夏樹くんには、太陽が似合う》

「え……？」

《明るい世界を生きていく人に、私と同じ闇を歩かせたくない。だから私は、夏樹くんと生きる未来なんて見ないんだよ》

見られないのではなく、見ない。

想像でならいくらでも、夏樹くんと一緒に時を重ね、思い出を重ねていく未来を思い描ける。

だけど、現実はいつも残酷で苦しい。世界はそう甘くはできてない。

だから私は、望むことを自分の意志でしないのだ。

《私と夏樹くんの歩く道は、いつも、どんな時も一生交わることはないから》

「冬菜……」

夏樹くんの問題ではない。私自身が誰もいない場所へ、ひとりぼっちになれる道を目指す限り、きみとは一緒にいられないんだ。

《だから私は、夏樹くんにさよならを伝えに来たの》

そう言った今でさえ、迷っている。

けれど、本当の気持ちに蓋をして、うつむきながらそう伝えた。

すると、ふいに夏樹くんの気配が動いた気がして、反射的に顔を上げる。

「冬菜、俺たちはたしかに正反対の道を進んできたよな」

いつの間にか、目の前に真剣な顔をした夏樹くんが立っていた。

夏樹くんが……こんなに近くにいる。

こうして、至近距離で目が合うのは久しぶりだった。

もう随分《ずいぶん》と、きみと離れていた気がする。

きみを見つめていると、トクンッと心臓が鳴る。

好きな人に対して、自然と体が、心が反応してしまう。

それを必死に、心の中で否定することは辛かった。

「あの時、俺とは真逆の道を進む冬菜の背中を振り返ったんだ」

「っ、え……」

夏樹くんの言う『あの時』が、もう二度と何も望まないと決めた小学六年生の冬のことを言っているのだとすぐにわかった。

知らなかった……。

きみは私のことなんて、微塵も想っていないと思っていたから。でもあの時、きみは私のことを振り返ってくれていたんだ。

「あの時から、冬菜のことが忘れられなかった。俺がこの子の世界を真っ黒に変えてしまったんだって、自分が汚い生き物に思えたんだ。だから、俺に太陽が似合うだなんて間違いなんだよ」

「あっ……」

その頃から、夏樹くんは罪という傷を抱えて生きてきたんだ。

自分を蔑む痛みは、私が一番理解できる。私も他の人とは違うからと、自分を否定して生きてきた。

それは生きているのか、死んでいるのかもわからない、空虚な世界にいるようで……とても孤独だった。

誰にもわからない、理解なんてされるはずがない。

自分を受け入れてほしいと思うのに幻滅されるのが嫌で、夏樹くんは明るくてまっすぐな人を演じたんだろう。

その胸のうちに、どれだけの悲しみと苦しみがあったとしても笑顔を絶やさない。だから、たまに隠しきれず、痛そうに笑っていたんだ。

「小学校の同級生がさ、冬菜と同じ中学校にいたんだ。俺はそいつから冬菜がどこの高校を受けるのかを調べてもらって、今の高校を受けた」

「……えっ」

じゃあ、私たちが再会したのは偶然じゃなかったということ？

夏樹くんが私を追いかけてきてくれたから……だったんだ。

衝撃の事実に私は目を見開く。

偶然、高校が一緒になっただけだと思ってた。

「冬菜の受ける高校がめちゃくちゃ偏差値高いって知ってからは、死にもの狂いで勉強した。がんばれたのはもちろん、冬菜に会いたいって気持ちがあったからだ」

そして、私たちはまた再会し、隣の席になった。

きみは違えた道からずっと、私の背中を追い続けてくれていたんだ。

入学おめでとうって桜の花びらを降らせてくれた時、きみはどんな気持ちだったんだろう。

罪悪感、それとも過去の傷そのものである私に恐怖した？

そうだったら悲しい。心から私を祝ってくれてたらいいなって、思っていたから。

「冬菜、俺が入学式の日に言った言葉、覚えてるか？」

言われて思い返せば、蘇るあの桜色の季節。

『これから、冬菜にたくさんプレゼントを贈るから』

『まぁ、三年あるしな。これから全力で冬菜のことを笑顔にすっから、よろしく！』

そう、夏樹くんはあの時そう言った。

どうして初対面なのに、私にそんなことを言うのかが不思議で仕方なかった。

「今度会えたら、俺が奪ってしまった感情を取り戻すように、冬菜にいろんなうれしい、楽しいをあげたい。笑顔にしてやるんだって思った」

「………」

「居場所もプライドも、すべて捨ててもいい。そう覚悟して冬菜に会いに来た」

人は薄っぺらい居場所を守るために、誰かを傷つけて仲間を作る。

夏樹くんも、他の人と同じだと思っていた。

でも、きみと一緒にいるうちに、誰よりも人の痛みに敏感で優しくて、まっすぐな人だと知った。

「だから、交わらない道でも分かれ道に戻って、冬菜の歩いた道を追いかける。追いつけなくても、追いつけるまで全力で走るって決めたんだよ」

「あっ……ふうっ」

——もう、限界だった。

夏樹くんとの繋がりを絶とうだなんて強がりは、もうもたない。

我慢できずに、両目からポロポロと涙がこぼれていく。そんな私の頬に、夏樹くんの大きくて温かい手が触れた。

「この分かれ道から、やり直したかったんだ」

やり直すって……過去は消えないのに、どうやって？

考えを巡らせている時だった、コンコンッと教室の扉がノックされる。

夏樹くんが「来たか」とつぶやいてすぐに、外から「連れてきたぞ」と声が返ってくる。

「琉生、サンキューな」

——え、琉生くんがどうしてここに？

夏樹くんは知っていたのか、とくに驚く様子なく答える。

そして、開いた扉の向こうに現れたのは……。

「ちょっと、どういうつもりなの!?」

琉生くんに背を押されている園崎さんだった。

「きみも、ちゃんと向き合うんだな」

「はぁ？　なんのことよ！」

「それじゃあ夏樹、俺も外で待ってるから」

琉生くんは園崎さんを軽く無視して、こちらに手を上げるとそう言った。

俺もってことは琴子ちゃんや誠くんも、どこかで待っていてくれてるのだろうか。

「冬菜ちゃん、もうダメだって思ったら教室を飛び出してきていい。俺がさらって逃げてあげるから」

優しく微笑む琉生くんに、私は小さくうなずいた。

私が追い詰められてしまわないように、みんなは逃げ道を作ってくれてるんだ。

さりげない優しさに胸が熱くなって、また涙がこぼれてしまう。

「がんばれ」

そう言って、琉生くんが教室を出ていく。

夏樹くんと私、そして園崎さんの三人がこの場に残された。

まるで、過去が再現されているようで、ずっしりと胸が重たくなる。

「アンタ……どういうつもり？　あれだけ佐伯に近づくなって言ったよね⁉」

そこに追い打ちをかけるように、ズカズカと園崎さんが私に近づいた。

園崎さんは、私が夏樹くんをここに呼んだんだと勘違いしているみたいだった。

――何かされる！

園崎さんの怒った表情に身の危険を感じた私は、とっさに両手を顔の前にかざした。

「お前を呼んだのは、俺だ！」

「なっ、佐伯が？」

私をかばうように立った夏樹くんに、園崎さんは立ち止まった。

「大丈夫か、冬菜？」

私を案じるように、夏樹くんが振り返る。

夏樹くん、かばってくれたんだ……。

あの頃、きみは他人の目ばかりを気にして、私なんて見ていなかった。

そう、ただのイジメの対象としてしか思っていなかった。

でも今はまっすぐに私へと向けられているきみの瞳から、ちゃんと伝わってくる。

その言葉も行動も、すべて私を想ってのことだとわかる。

「っう……ん」

私は声を振りしぼって、うなずいた。

空っぽの心を、きみの優しさが満たしていくようだった。

「まぁ、佐伯が呼んでくれたならうれしいけど」

園崎さんは機嫌よさげに、笑みを浮かべる。

夏樹くんのことが好きなんだから、当然だろう。

そんなふたりを前にすると、私はどうしていいのかわからなくなる。

自分が邪魔者のように思えて、ここにいることが切なくなるんだ。

だって私も……夏樹くんのことが好きだから。

でも、私が夏樹くんと一緒にいると、園崎さんの言った通り、また過去に縛りつけてしまうかもしれない。

そう思ったら自然と一歩、夏樹くんから距離をとってしまう。

「冬菜、もう逃げねぇから」

え……？

逃げようとした私の手首を、夏樹くんがつかんだ。

それを見た園崎さんの顔から、笑顔が消える。

「ねぇ佐伯、私を呼んだ理由って何？　なんで、原田地蔵までここにいるのよ」

私をキッとにらむ園崎さんの剣幕《けんまく》に圧倒されて、私は息を詰まらせた。

「園崎、もう終わりにしろ」

「終わりにって、何をよ！」

「これ以上、みじめで、胸を張れないような生き方すんなって言ってんだ」

「あたしはっ、別にみじめな生き方なんてっ……」

園崎さんの瞳が揺れたのを、夏樹くんは見逃さなかった。

「園崎、誰かの希望を奪った過去は苦しくなかったか？」

「それは……っ」

「罪を抱えて生きる辛さも、それを認める怖さも……俺は理解できる。だからこそ、園崎にも過ちを犯したこの場所からやり直してほしい」

諭《さと》すように紡《つむ》がれた夏樹くんの言葉のひとつひとつは重くて、それだけ彼が苦しんだのだとわかる。

自分だけが辛いのだと、そう思っていたことがはずかしくなる。

傷つけた方も、私と同じくらい心が痛かったんだ。

「わかる……なんて嘘じゃん」

だけど、園崎さんの目は怒りに震えていた。

「園崎？」

「佐伯はあたしの気持ちなんて、何もわかってない！」

園崎さん……。

それは夏樹くんへの、特別な想いのことだろう。園崎さんの想いを知っていた私は、すぐに想像がついた。

「あたしは佐伯が好きだから、ずっと原田地蔵を目の敵《かたき》にしてたの！　佐伯がその子に優しい顔するたび、なんでってムカついてた！」

園崎さんの想いが怒涛《どとう》のように溢れて、私の心をのみ込んでいく。

……胸が苦しい。

強い恋心の前では、たとえ間違いだとわかっていても、わがままに求めてしまう。

その衝動は私の中にもあるから、責めることなんてできなかった。

「あたしの方が、先に佐伯に恋してたのにっ」

「園崎……」

夏樹くんが、申しわけなさそうに園崎さんの名前を呼ぶ。

それだけで私の胸は痛んで、自分が嫉妬しているのだと気づいた。

園崎さんも夏樹くんも、私さえいなければ幸せになれたのかもしれない。

だけど私……やっぱり心の底では、夏樹くんを誰にも渡したくないって思ってる。

どんなに自分の気持ちを否定しても、夏樹くんのことが好きな気持ちは偽ることができなかった。

「園崎、今まで気づかなくて悪かった」

「佐伯……」

「でも、それで冬菜を傷つけていい理由にはならない」

「それ、は……っ」

「園崎も、もう逃げるな」

その言葉に園崎さんはうつむいて、しばらく静止したのちにうなずく。そして、か細い声で「わかった」とつぶやくのが聞こえた。

私は驚いて、園崎さんをじっと見つめてしまう。

「悪かった……わよ」

今度は私を見て、園崎さんは言った。

「正直、原田地……原田のこと、自分より下に見てた」

「………」

それは、知ってた。

だって園崎さんは、私を見ているようで視界には映していなかった。

まるで汚らわしいモノでも見るかのように、私を蔑んでいたから。

「佐伯の優しさも、笑顔も、全部もらえるアンタがうらやましかったの」

園崎さん……。

好きな人の目の前で、それを話すのは辛いはず。

だから私は、どんなに耳の痛い話でも、傷がえぐれても、逃げちゃいけない。

「だから、原田がみんなから嫌われるように仕向けた。でも、本当は胸が痛かった」

そっか、園崎さんも痛かったんだ。

そんな態度をとらせてしまった私も、きっと同罪だ。

誰が悪いとか、きっとないんだと思う。

《私も園崎さんを知らず知らずのうちに傷つけてた。本当にごめんね》

私はスマホのメモアプリを使って、園崎さんに自分の気持ちを伝えた。

それを見た園崎さんは目を見開いて、信じられないモノでも見るかのように私を凝視する。

「なんで原田が謝んのよ……」

十二歳の私は今よりずっと子供で、自分だけが不幸な存在なんだって思ってた。

《みんな、話さないだけで悩みや傷を抱えて生きているんだよね》

「え……?」

どういう意味だと言わんばかりの顔で、園崎さんが聞き返してくる。

私は園崎さんをまっすぐに見つめて、返事をした。

《私たちは人の痛みを気遣う余裕がないくらい幼かった。だから、知らず知らずにお互いを傷つけてしまったんだと思う》

人を好きになる気持ち、誰かを取られたくないという嫉妬、居場所がほしいというさびしさ、理解されない孤独。

あの頃は初めて知る気持ちばかりで、どう受け止めていいのか、わからなかった。

今みたいにうまく嘘もつけなくて、言葉は研ぎ澄まされた刃のように鋭いものばかりが口をつく。

気づけば後戻りできないくらい、傷つけてしまっていた。後悔ばかりが大きくなり、立ち止まってしまった。私たちは、今も心を過去に置き去りにしたままだ。

《でも今、わかり合いたいって思う。人が大人になるように心も変わりたいって思えば、成長できるんだね》

それを、夏樹くんが教えてくれた。

きみがここからやり直そうと言ってくれたから、私も園崎さんと話しているうちに気持ちの整理がついた。

過去に囚われたままの私たちが、誰ひとり欠けることなく三人一緒に未来に歩き出せたらいいと思う。

「冬菜、お前……」

夏樹くんも、園崎さん同様に驚いているみたいだった。

過去ではなく今が大事だって、言ってくれた人がいた。どんな答えを出しても、私の味方だって言ってくれた人たちもいた。

《だから私、過去よりも今をふたりと生きたい！》

こう思えるのは、一番初めに過去に向き合おうとした夏樹くんの姿に勇気をもらったから。友人たちの存在があったから、帰る場所があるからだ。

「冬菜、お前はやっぱり綺麗だ」

「原田……本当、お人よしすぎだから！」

「そこは俺も否定しないけどな」

あきれながらも優しく笑うふたりに、私の頬もゆるむ。迷うのも、逃げるのも、悲観するのも、もうやめよう。

結局、病気のことも私自身が受け入れられてなかったから、みんなに理解してもらえるよう努力できなかったんだ。

理解してもらうのを待ってるだけじゃダメ。もっと伝えていくべきだったんだね、自分の気持ちを。

「あのさ、佐伯」

「なんだ？」

園崎さんが困ったように笑って、夏樹くんに声をかけた。自然とふたりが向かい合うように立つ。

それから目をそらさずに、私も見届けるつもりで立ち会った。

「あたしのこと、ちゃんとフッてくんない？」

「園崎……わかった」

夏樹くんは彼女の覚悟をくんでか、意を決したようにうなずいた。

「園崎、園崎の気持ちはうれしかった、ありがとな」

「うん……」

「でも、俺には昔も今も変わらずに、守りたい女の子がいる」

夏樹くんはゆっくりと、真摯に言葉を伝えていく。

守りたい女の子って……誰のことだろう。

それが私ではないと思うと、胸がチクリと痛んだ。

「だから、園崎の気持ちには応えられない」

「ふっ、うんっ」

微笑みながら、園崎さんは涙をひと雫流した。

それは、私の心をも締めつける。

今ここに、ひとつの恋が終わりを告げたから。

「でも、俺たちはずっと友達だ」

「ふふっ、バッカじゃないの！」

すると、園崎さんは扉に向かって走り、こちらを振り返る。

「あたりまえのこと言わないでよ！　それから原田——ううん、冬菜も、その……」

言いよどむ園崎さんに首を傾げると、はずかしそうにふいっと顔をそらされる。

「あたしの、マブダチ第一号だから！」

園崎さん……。

やわらかい笑みを浮かべる園崎さんに、私は目を見張った。見たことのない、穏やかな表情だったからだ。

名前で呼んでくれた園崎さんに、私は笑顔で大きくうなずいた。

それを見届けた園崎さんは、颯爽《さっそう》と教室を出ていく。

「行っちまったな……つか、マブダチって……琴子みたいなこと言うんだな。意外に気が合うんじゃね？」

夏樹くんの言葉に、私はたしかにとクスクス笑いながらうなずく。

みんなが楽しそうに騒ぐ姿が、頭に浮かんできそうだ。

でもどうして、私がマブダチ第一号？　園崎さんには、たくさん友達がいるはずなのに。気になった私は、《どうして、私が一号なんだろう》とメモアプリで夏樹くんに尋ねてみた。

「ん？　そんなん、園崎にとって冬菜は自分のすべてを見せられた初めての友達だったからだろ」

当然だろ、みたいな感じで夏樹くんは言う。

「逆を言えば、今までの友達はうわべだったんだろーな」

そっか……それならうれしいな。

ずっとひとりだった私が、誰かの最初の友達になれるだなんて、夢みたいだ。

「俺は罪人だから……」

「……う？」

夏樹くんは、なんの話をしてるんだろう。

彼の声が、視線が、真剣なものに変わる。

両肩に手を乗せられて、私はゆっくりと夏樹くんを見上げた。

「俺みたいな最低な男より、冬菜のことをもっと大切にしてやれるような、そんな男と一緒になるべきだって思ったこともあった」

「え……」

「でも――」

彼の意志の強そうな瞳に見つめられて、ドクドクと鼓動が加速する。

息苦しいのに、嫌じゃない。心に生まれるたくさんの感情の波に、押し流されそうになる。

「俺は、冬菜が好きだ」

「あっ……」

私のことが……好き？　聞き間違いだったら、どうしよう。

不安になって夏樹くんを見上げれば、偽りのない澄んだ瞳に捕らえられる。

「誰にも譲りたくない、俺が自分の手で幸せにしてやりたい、たくさん笑顔にしてやりたい」

な、夏樹くん……。

まっすぐな彼の言葉の数々に赤面して、たじろいでしまう。

「昔、冬菜に桜の絨毯作ってやったの、覚えてるか？」

「あっ……う、ん！」

——あれって、夏樹くんだったんだ！

覚えてる、あの辛い時間の中で唯一残る幸せな記憶。

でもそのあと、夏樹くんに突き放されたのがショックだったからか、誰が作ってくれたのかは忘れてしまっていた。

「あの時から、冬菜の声が聞きたくて、笑ってほしくて、必死にプレゼントを考えた。絨毯に寝転んだ時の冬菜のフワッて笑った顔が忘れられなくてさ」

《あの時、私が笑えてたのは夏樹くんのおかげだよ》

取り戻した思い出に心がほっこりとするのを感じながら、私はあの時に感じていた気持ちをメモアプリで伝える。

「でも、悲しませたのも俺だから、これからはその笑顔を守らせてほしいんだけど、ダメか？」

ダメかって聞き方……ずるいなと思う。

不覚にもときめいてしまった。

顔が赤くなってないか、心配になるほどにきみに翻弄されている。

「冬菜の気持ち、教えてくれ」

「…………」

この気持ち、文字なんかじゃなくて言葉で伝えたい。

ちゃんと私の声で、きみに聞いてほしい！

私は夏樹くんが好き、答えは決まってる。

「すう……はぁっ」

私は深呼吸をして、もう一度大きく息を吸い込んだ。

もう、私の心を縛る枷《かせ》はどこにもない。

——今、きみに伝えよう。

「わた、し——」

「え……冬菜？」

夏樹くんの戸惑う声が聞こえる。

それでも私は口を開いて、伝えたい一心で想いをぶつける——。

「私も、夏樹くんが好きだよっ」

吸い込んだ息を全部吐き出す勢いで、告白をした。

「なっ……え……」

夏樹くんは、まるで息まで止めてしまったかのように微動だにしない。

そんな彼にもかまわず、私はどんどん溢れてくる想いに突き動かされ、言葉を重ねる。

「夏樹くんは、誰かを知りたいと思う気持ち、話したいと思う気持ち、私の失ってしまった心をひとつずつ埋めてくれた」

喉を締めつけていたものが完全に消えて、スムーズに声が出る。体もこわばってない、ちゃんと私の口からきみに気持ちを伝えることができてる。

感謝なんて言葉じゃ足りない。

きみがくれた心が時々悲しみも連れてくるけれど、それすらも私らしく生きている証拠だと、そう思える。

私に幸せを感じる心をくれたきみが、誰よりも愛しい。

「失ってばかりの私に、誰かを好きになる気持ちを教えてくれて、ありがとう」

感極まって声が震えて、涙が流れてしまう。

この胸を満たす感情さえ、夏樹くんからのかけがえのない贈り物だ。

「夏樹くんがくれる贈り物はどれも、私のぽっかりと空いた心の穴を優しさで満たしてくれるんだ。そんな夏樹くんに、いつの間にか……」

私は泣き笑いで、大好きな人の顔を見上げる。

私を見つめる夏樹くんの瞳も、少し潤んでいるように見えた。

「恋をしてたの……」

「冬菜っ」

「あっ」

夏樹くんが我慢できないと言わんばかりに、私を強く抱きしめた。

私より大きな夏樹くんの体に、すっぽりと収まる。

そこは、世界中のどこよりも安心できた。

「好きだ……好きだ、好きだ！」

「な、夏樹くんっ」

突然、私を抱きしめたまま叫ぶ夏樹くんに、はずかしくなる。

誰かに求められる幸せを、私は今初めて知った。

「今まで伝えちゃいけないと思ってたから、お前への好きが溜《た》まってたんだよ！」

好きの気持ちが溜まるって……。

「ふふっ」

その言い方がおもしろくて笑うと、夏樹くんは私を抱きしめる腕に力を込めた。

「おっ、笑ったな！」

「へへ……」

夏樹くんが、うれしそうに笑うからだよ。

だから私は、こんなにも幸せな気持ちになれる。

心を分かち合っているみたいに、想いや感情を共有しているような、不思議な感覚があった。

これが心を通わせるということなのかもしれない、そう思った。

「私も……」

「ん？」

夏樹くんの胸に頬をすり寄せて、つぶやく。

囁き声にも近い、私の小さな声にも夏樹くんは気づいてくれた。

「夏樹くんに好きって、伝え足りないよ」

話せなかったぶん、きみと離れていたぶん、好きという気持ちが胸のうちで溢れている。

これをすべて伝え終わるまでには、きっと何年、何十年先までかかりそうだ。

「なっ……ったく、冬菜が悪いんだからな」

「え、んっ！」

唐突に、夏樹くんに唇をふさがれた。

ふいうちのキスで、ドキドキして何も考えられないほど、頭が真っ白になる。

心臓は爆発しそうなほど、急速に拍動している。

だけど、こんな時になぜか、私は小学生の夏樹くんの姿を思い出していた。

『昼休み、一緒に校庭行こうぜ』

『桜の絨毯、作ってやる！』

あの時も今みたいに少し強引に、それでいて優しく手を引いて、私の知らない世界、感情を教えてくれた。

私はきっと、夏樹くんにもう一度出会うために、今までたくさん辛い思いをしてここまで歩いてきたんだね。

辛い過去も傷もすべて、私たちが大人になるために必要なことだった。

「声……さ、本当に聞けてうれしかった」

唇をそっと離して、額をくっつけてくる夏樹くんがぽつりと言う。

ここは最も辛い記憶が残る場所だったのに、自然とこぼれるように声が出た。

「きっとここが、悲しいだけの場所じゃなくなったから……」

「……そっか、ここは俺たちの始まりの場所だからな」

そう、ここは始まりの場所。ふたりの道が交わり、新しい出会いの道が繋がり、私の世界は広がって光に照らされていく。

やっと、あの暗闇の世界から出られたんだ、きみとふたりで。

「これからは、どんなに急な坂道で光がないような過酷《かこく》な道でも、手を繋いでずっと一緒に歩いていこう」

「うんっ」

うれしくて、またブワッと涙が溢れる。

この世界は歪なモノを嫌うし、決して優しくはないけれど。

夏樹くんと一緒なら、世界は色づき、輝き、美しく見えるのだろう。

だからきみと、この世界をともに生きていきたいと思う。

「たくさん泣いて笑えよ、冬菜」

「夏樹くん……」

「俺にだけ見せる表情も、全部知りたいって思うよ」

うれしそうに笑いながら、夏樹くんは私の両頬を包み込む。

「きっと、夏樹くんが私のことを一番知ってるよ」

だって、きみが私の心を開く。

いつもそばにいてくれるきみだから、まだ見ぬ私の表情も感情も最初に見つけてくれるのだろうと思う。

「あのね、来年の春、またプレゼントが欲しいな」

初めてのおねだりをしてみる。

きみと出会えたあの季節が、毎年の記念日になるように。

「おう、何が欲しいんだ?」

「うん、春になったら……」

誰もいない小学校の教室。

日は西へと沈みゆき、宵闇《よいやみ》がすぐそこまで迫る中、私は思う。

きみが太陽のように輝いて、私のそばにいる限り。

きっときみとなら、明けない夜でさえ未来は明るく見えるのだろう。

この約束を果たす時の、きみとの未来を想像しながら私は微笑む。

「春が来たら、桜の花びら降らせてね」

また、花咲か夏樹になってね。それで今度は、ふたりで「おめでとう」をしよう。

重ねた月日を神様に感謝するように、お祝いしよう。

「あ……ははっ、冬菜のお願いなら毎年やってやるって!」

「ふふっ」

「でも、そんなに気に入ったのかよ?」

不思議そうに言う夏樹くんに、私は笑顔でうなずいた。

「私と夏樹くんを繋いでくれたのは、いつも桜の季節だったなぁって思ったから」

「あぁ、そういえばそうかもな。ならさ、毎年この季節には桜の花びら降らせてやるよ。それこそ、シワシワのじいさんとばあさんになってもな」

くしゃりと、破顔して笑うきみの笑顔が大好きだ。

夏樹くんの言う通り、シワシワのおばあさんになっても、きみの隣でその笑顔を見続けたいと思う。

「それなら私は、夏樹くんに何を返せばいい？」

もらってばかりは嫌、私も何かプレゼントしたい。

その言葉を聞いた彼はうれしそうな顔をして、私の髪を優しくくしゃりとなでた。

「冬菜が、笑ってくれればいい」

「っ……欲がないよね、夏樹くんは」

「それは間違いだ。俺、冬菜のことに関しては欲深いから、覚悟しとけな」

夏樹くんとこうして、想いが通じ合った秋。

これまでたくさん傷ついて泣いたけど、もうこの世界に絶望するのはやめよう。

絶望する前に、私は夏樹くんとその世界を変える。一緒に幸せになれる道を探す。

「じゃあ名残惜しいけど、アイツらに報告すっか」

「ふふっ、みんなにありがとうって言いたいな。あ、でも……声出ないかも……」

不安になっていると、夏樹くんが私の手を握って強気に笑う。

その笑顔を見ただけで、不安が一気にふき飛んだ。

「声が出ないなら、他の方法で伝えたらいいだろ。大事なのは冬菜の気持ちなんだから」

「夏樹くん……うん、そうだねっ、がんばる！」

「おう、そんじゃ行くか」

「はい！」

いつかのように、私たちは手を繋いでこの教室を後にする。

それは逃げ出すのではなく、待っている大切な友人たちのもとへと帰るためにだ。

——さようなら。

絶望ばかりしていた弱い私。

誰にも理解されないと、嘆いていた私。

ひとりぼっちは嫌だと、泣いていた私。

これからは、大好きな人と未来を見て生きていくから。

——だから、ありがとう過去の私。

Epilogue

春が来たら、桜の花びらふらせてね

あっという間に道ゆく人たちの羽織り物が一枚一枚と分厚くなり、日が沈むのも早くなった十二月。あと一週間で冬休みがやってくる。

相変わらず、夏樹くん以外の人とは話せないし、いきなりなんでも解決とはいかないけれど、私の心はずっと晴れやかだった。

話せなくても、孤独じゃない。

私のそばには夏樹くんや琉生くん、琴子ちゃんや誠くんがいてくれるから、冬の寒さもふき飛ばすくらいに心が温かかった。

「冬菜、寒くないか？」

「寒いかも」

私は小さな声で答えた。

ひとつ進歩したことといえば、これだ。大通りでも、小声ならば夏樹くんに話しかけられるようになったこと。

私は今日も声が出たことにホッとしながら、家に迎えにきてくれた夏樹くんと学校までの道のりを歩く。

昨日から今日の早朝にかけて初雪が降り、見事に積もっていた。

まるで、冷凍庫の中を歩いているようで凍えそう……。

通学路の桜並木も木々の葉はすっかり落ちて、代わりに雪が乗っかり、白い桜を咲かせているようだ。

「冬菜、手ぇ繋ごうぜ」

「あっ……うん」

彼の温かい手が私の手を包むと、急にはずかしくなって少し蒸し暑さを感じた。

あの日、一緒に歩んでいこうと決めた日から、夏樹くんとは恋人同士になった。

夏樹くんは私の初恋であり、初彼氏でもある。

「冬菜の手って、小さいよなー」

「そうかな?」

「おう、初めて冬菜の手を引いた時は俺もまだガキだったから、手も身長差もそんなに感じたことなかったんだけどよ」

そういえば……。

私たちが再会した入学式の日、夏樹くんは私に『あー……お前って、そんな小さかったんだな』って言ったんだっけ。

小学生の頃に比べれば、大きくなったと思うんだけどな。

「再会した冬菜は、予想よりちっこかった。そんでもって、綺麗になってた」

「えっ」

綺麗になってたって……。

急にほめられると、ダメだ。むせかえるような花に囲まれているみたいに息苦しくて、甘くて、頭がぽーっとしてしまう。

「俺さ、今だから言うけど、冬菜が初恋だったんだ」

「え！」

さっきから衝撃の事実ばかりで、私は「えっ」としか言えなくなっている。

夏樹くんみたいなかっこいい人が、どうして私に初恋なんてしたのだろう。

あの時の私は今まで以上に喋らないし、笑わないし、愛想もよくなかったはず。うっすらだけれど、隣の席になった夏樹くんが話しかけてくるたびに全力で逃げ回っていた覚えもある。

好きになられる要素が、何ひとつ思い浮かばない。

「小学六年で隣の席になってから、ずっと気になってた。気づいたら冬菜のことばっか考えてたんだよ」

「でも、私はその……全然話さなかったでしょう？」

場面緘黙症の症状が一番強かった時期だから、話しかけられただけで逃走してたのに。

何度も言うけれど、夏樹くんはどうして私を好きになったのだろう。

「……だからだよ」

「え？」

「話さないから、初めは単に話してみたいって興味がわいた。でも、いつからだったか……何か言いたそうで、悲しそうで、諦めたように背を向ける冬菜のことを笑顔にしてやりたいって思ってた」

「夏樹くん……」

そんな風に思っていてくれたんだ。

あの時はどうして私にかまうんだろうって、それだけだった。

夏樹くんが私を必死に追いかけてきてくれた理由がわかって、うれしさがこみ上げてくる。

「俺はいつの間にか、恋に落ちてたんだな」

「そっか……うれしい」

はにかんだ私の顔を見て、まぶしそうに微笑んだ夏樹くん。やっぱり、きみが好きだなと、その笑顔を見て思った。

「でも、散々お前を傷つけた俺が、冬菜と結ばれることなんて許されないと思ってた。だから、今こうして彼氏でいられることがすげぇ幸せだ。ありがとな」

ニカッと笑った夏樹くんが、愛しそうに繋いだ手をギュッと握る。

それに、なんだか泣きそうになった。

ふたりで一緒にいられることは、今まで辛い道を歩いてきた私たちへの神様がくれた奇跡だと思う。

「夏樹くん、会いに来てくれてありがとう」

「っ……冬菜……」

夏樹くんの声が、一瞬震えた気がした。

涙目で、それでも懸命に笑うきみが、心から愛しいと思う。

「俺たち、離れてたぶんまで幸せになろうな」

「うんっ」

夏樹くんと笑顔を交わすと、その手に引かれて学校へと向かう。

どうか、この幸せがずっと消えませんように。

時々不安になるけれど、その手をギュッと握ると不思議と安心できた。

学校へやってくると、教室には琴子ちゃんと誠くんの他に琉生くんの姿もあった。

「どわわっ、ふゆにゃん来たよ！」

「琴ちゃん、声大きい！」

「ふたりとも、声がでかいぞっ」

私たちが教室に入ったとたん、なんだかみんながソワソワしだす。

危険を察知した私たちは、教室の入り口で足を止めた。

みんな、何を企んでるんだろう。今来たら、何かまずかったのかな。

不安になって隣に立つ夏樹くんの顔を見上げると「アイツら……下手か！」と言って、なぜか額を押さえてあきれていた。

私はどうしたのか尋ねるように夏樹くんのワイシャツの袖をクイッと引っぱると、首を傾げる。

「あー……とりあえず、席座ってみろ！」

「っ、ん？」

……席座ってみろって、何？

私は異様な空気の中、言われた通りに自分の席へと歩いていく。みんなの緊張感ある視線の中、恐る恐る椅子に腰をおろした。

「『こんな琉生は見たくないー』」

「全力でオタ芸する、俺」

琴子ちゃんと誠くんが声をそろえて言うと、琉生くんが真剣な表情で続ける。

いつの間にか夏樹くんまで入って、全員が足をガニ股に開いて天を指さすと、オーソドックスなオタ芸ポーズを始めた。

「…………」

——え、えっ、ええっ⁉

放送事故でも見てしまったかのような衝撃に、これはなにごとかと頭が混乱する。

固まっている私に夏樹くんはあわてて、「おい、次だ！」と急かす。

「『こんな夏樹は見たくないー』」

苦い顔をしている夏樹くんと琉生くんとは反対に、ノリノリの琴子ちゃんと誠くんが声をそろえて言った。

それはどんな彼なのだろうと、先を聞くのがかなりの恐怖だった。

「俺、フィボナッチ数が恋人なんだ」

フィボ……ナッチ数……？　なんだろう、マニアックすぎてわからない。

「なんか、ふゆにゃん笑うより固まってない？」

「うんうん、顔こわばってる？」

琴子ちゃんと誠くんが顔を見合わせて、ヒソヒソと話している。

「つか、フィボナッチ数って、マニアックすぎんだよ！　この、数学オタクが！」

夏樹くんは勢いよく琉生くんを振り返ると、文句を言う。

「何言ってるんだ、フィボナッチ数は俺たちの生活の中に溢れてるんだぞ。そもそも、俺がオタ芸って方が無理がある！」

「いいだろ、オタク仲間で」

「くだらない。アイドルオタクと一緒にするな！」

夏樹くんと琉生くんは、顔をつき合わせてにらみ合っていた。

今の数分の間に、恐ろしい物を見せられた気がする……。

私は寒気がして、腕をさすった。

「こうなったら、最後の手段じゃ！」

「っ、え……っ」

突如《とつじょ》、琴子ちゃんが奇声を上げて、私の脇の下に手を差し込む。あろうことか、コショコショとくすぐりだした。

「あっ……あははっ！」

すると、ほとんど無意識に声を出していた。

すぐにハッとして周りを見渡すと私に視線が集まっていて、バクバクと心臓が嫌な音を立てる。

どうしよう、いつも喋らないヤツが喋ってるって変に思われる！

みんながそばにいたからか、気が抜けていた。

いつもあった緊張感がなく、自然体のまま笑ってしまったのだ。

はずかしくて、怖くて、顔は赤くなったり青くなったりとせわしないことだろう。

「「おめでとう、ふゆにゃん！」」

「え……わっ！」

琴子ちゃんと誠くんが、固まっていた私に抱きついてきた。

──おめでとうって、どういうこと？

驚いていると、やっぱりみんなはうれしそうな顔をしていて、傾げた首がさらに横に倒れそうになる。

「冬菜ちゃんの声って、綺麗なんだな」

「琴子のやけくそ作戦が、うまくいったみたいだな！」

琉生くんと夏樹くんまで、ホッとしたように笑っている。

よかった、変には思われてないみたい……？

私は恐る恐る声を出してみる。

「……作、戦？」

あ、ちゃんと声が出た。

あの、喉を締めつけられるような感覚はもうない。

思うように動かなかった私の体がもとに戻ったかのように、自由に声が出る。

「作戦って、なんの？」

「冬菜を笑わせる作戦のことだよ」

聞き返せば、夏樹くんが教えてくれた。

「どうして？」

「場面緘黙症を克服したって人のブログとか見てたら、クラスメートに笑わせられて声が出るようになったっていうのがあったんだ」

今度は琉生くんが説明してくれる。

そうだったんだ……知らなかったな。

私、期待するだけムダだって思っていたから、いつの間にか方法を探すことすらやめてしまってたんだ。

最近では、私のありのままを好きになってくれる恋人、友達ができたからかな、焦ってもなかった。

でもみんなは、私のために希望を諦めずにいてくれてたんだ。

「お笑いのネタも必死に考えたんだけど、琴子の最終手段を使うことになるとは思ってなかったなぁ」

琴子ちゃんは残念そうに眉尻を下げた。

「オタ芸とか、絶対インパクトあっていいと思ったんだけどね」

誠くんも、がっかりしたように肩を落とす。

インパクトはあったよ、かなり。

でもそっか、みんな私のために……うれしいな。

素直にその気持ちが、私に中に溢れる。

「ありがとう……ありがとうっ」

うれしくて目に涙がにじむ。

そんな私の頭に、ポンッと夏樹くんの手が乗った。

「みんな、冬菜が大好きなんだ」

「ううっ……うれしい」

もう、こらえきれなかった。人目も気にせず、涙が頬を伝っていく。

「なぁ、原田が喋ってるぞ」

「え、嘘!」

「原田の声、初めて聞いた……」

そんな時、クラスのみんなが興味津々《しんしん》に私を見ていることに気づいた。

また、喉に何かが詰まるような感覚が蘇り、手で喉を押さえる。

変に思われてるっ、どうしよう……怖いっ。

そんな時、「別に、冬菜だって話すでしょ」と別の声が響く。

「えっ……」

驚いて振り向くと、助け船を出してくれたのが園崎さんだと気づいた。

彼女は頬づえをついて、気だるそうに黒板を見つめている。

「いちいち騒ぐなって。それより昨日の特番見た？」

園崎さんは、うまくみんなの話題を変えてくれる。それにホッと息をつくと、園崎さんがチラリと私を見た。

その瞬間を逃さないように、私は口パクで『ありがとう』と伝える。

「っ……なんのことよ」

照れくさそうに顔を真っ赤にして、他のクラスメートのところへ行ってしまう園崎さん。その照れている姿に口もとがほころぶ。

「あったかい……」

両手で胸をそっと押さえると、瞳を閉じる。

「優しさは私の呪いまで、解いちゃうんだね」

「呪い？」

聞き返した夏樹くんに、私は苦笑いでうなずく。

「そう、喋れない呪い」

喋れないことをずっと、私は神様にかけられた呪いのように思っていた。

「でもきっと、神様は知ってほしかったんだ」

これは、私に与えられた試練《しれん》だったんだろう。

「人はひとりでは、生きていけないんだよって」

「冬菜……」

「みんなと出会ったから、もっと話したい、自分のことを知ってほしい、変わりたいと思った」

孤独でも生きていけると思っていた私の前にみんなは現れて、変わるための一歩を踏み出す勇気をくれた。

そう、あの暗闇の世界も、つきまとう孤独も、すべて自分自身が作り出した闇だ。

いつだって、心に信じられる人、信念、想い……。

何かひとつでもあれば、その光を頼りに抜け出せるのだ。

「みんな、本当にありがとう。大好き！」

今までで、一番の笑顔だったと思う。

自分でも驚くくらいに、自然と表情が動いた気がした。

「琴子、ふゆにゃんが愛しすぎて辛いっ」

「マスコット的なかわゆさ」

琴子ちゃんと誠くんは、ふたりで手をつなぎ合ってうんうんとうなずいている。

「夏樹、このふたりは一度病院に連れていった方がいいぞ」

そんなふたりを見て、げんなりとする琉生くんに、私はクスクスと笑ってしまう。

すると、夏樹くんは私の顔を見つめて、愛しそうに目を細めた。

「夏樹くん……」

きみに見つめられると、他の誰にも感じたことがない胸の熱を感じるから困る。

好き、愛しいが溢れるんだ。

「俺、冬菜にプレゼントがあるんだけど」

「え、なあに？」

「こっち来いよ」

夏樹くんが私の手を引いて、いつかみたいに窓の前に立たせる。

上履きのまま外へ出た夏樹くんは、その場でしゃがんだ。

私の腰までしか開いていない窓だから、夏樹くんがしゃがんで何をしているのかは、こちらからは見えない。

けれど、きみがこれから何をしてくれるのか、想像するだけでワクワクする。

今度はどんなプレゼントを、してくれるんだろうって。

「えーと、まだ残ってた、ほらよ！」

「え……あ！」

突然ヒョコッと立ち上がった夏樹くんの手には、手のひらサイズの雪だるまがいた。

「か、可愛いっ」

目には石ころが埋まっていて、鼻と手は小枝が使われていた。

私はそれを両手で受け取ると、ひんやりとする感覚に笑みをこぼす。

「よーく見ろよ、冬菜」

「え？」

夏樹くんに言われて雪だるまを凝視すると、その首にはマフラーの代わりにシルバーペンダントがかけられていた。

「これ……」

それを手ですくうと、ピンク色の桜のモチーフがついていた。

「冬菜、時々不安そうな顔すんだろ」

「あ……」

それは、この幸せが消えてしまうんじゃないかという不安。

私、顔に出てたんだ。

それに、夏樹くんが気づいてくれていたことに驚く。

「でもな、何度季節が巡って春が来ても、俺たちはずっと一緒だ。そんな意味も込めて……その、なんか冬菜にあげたくてさ」

夏樹くん……私を安心させるためにこれをプレゼントしてくれたんだ。

どうしてかな、胸が熱くていっぱいで泣きそうになる。

「あぁ、だからバイト増やしてたのか」

「うるせぇ、余計なこと言うなよ！」

琉生くんの言葉に、夏樹くんがあわてだす。

あぁ、きみのすべてが愛しい。好きで、大好きって想いが溢れて止まらない。

「不安になったら、それ見て思い出せよな」

「うんっ……」

こんなにも苦しくて切ない、幸せな気持ちを生まれて初めて知った。

私は雪だるまを窓の縁にうまく乗せると、満面の笑みで夏樹くんを見上げて両手を伸ばす。

「うん！　大好き、夏樹くんっ！」

「うおっ！」

私は窓の外にいる夏樹くんの首に、思いっきり抱きついた。

明るすぎるこの世界は、ときどき嫌なモノまで見えてしまうけれど、そのたびに私はひとりじゃないことを思い出そう。

そして、一緒に乗り越えて歩いていくんだ、きみと。

「だから私は……」

みんなと、この光ある世界を生きるよ。

夏樹くん、私に会いに来てくれてありがとう。

雪が解けて寒さがぽかぽかとした優しい空気へと変わり、またあの薄紅色の季節がやってくる。

『春が来たら、桜の花びら降らせてね』

約束の日が来たら、夏樹くんはまるで春風のようにふんわりとした桜の花びらと、キラキラの太陽みたいな笑顔で私に幸せを運んできてくれるんだろう。

そんなきみに、私は何度季節が巡ろうと……。

——恋に落ちるんだ。

END

あとがき

こんにちは、涙鳴《るいな》です。このたびは『春が来たら、桜の花びらふらせてね。』をお手に取ってくださり、本当にありがとうございました。ふたたび野いちご文庫で作品を書籍化していただけて、とてもうれしく思います。これも、応援してくださった皆様のおかげです。

さて、本作はふたりの現在と過去が行き来する物語になっていましたが、皆様にも忘れられない記憶はありますか？　ちなみに、私はたくさんあります。あの時こうしていればよかっただとか、時が巻き戻せたらだとか、悔やむことが多いです。なので、この作品を書いていて、変えられない過去を悔やんでいるだけでは前に進めないこと、取り戻したいモノがあるのなら未来を見つめることが大切だと私自身も気づかされました。

そして、もうひとつ。冬菜の『場面緘黙症』という疾患《しっかん》をご存知の方は少ないのではないでしょうか。どんなに話したくても特定の場所では言葉にならなかったり、それでもみんなに打ち解けようと努力をしていたり。教室にもし、彼女のような子がいたら、無理に話させようとはしないで、筆談、ジェスチャー、その子にあった方法でコミュニケーションをしてほしいなと思います。

また、この作品に命を吹き込んでくれたのは表紙や口絵を描いてくださったイラストレーターの花芽宮るる様、切ない恋をイメージソングで表現してくださったシュウと透明な街の皆様です。

書籍化の機会をくださったスターツ出版の皆様、作品がより素敵な形になるまで支えてくださった担当編集の飯野様、ミケハラ編集室様、デザイナー様、本当にありがとうございました。

なにより、いつも応援してくださる読者の皆様に最大級の感謝を申し上げます。

二〇十八年二月二十五日　涙鳴

この物語はフィクションです。実在の人物、団体等とは一切関係がありません。

涙鳴先生への
ファンレター宛先
〒104-0031 東京都中央区京橋1-3-1 八重洲口大栄ビル7F
スターツ出版（株） 書籍編集部気付 涙鳴先生

春が来たら、桜の花びらふらせてね。

2018年2月25日 初版第1刷発行
2018年4月30日 第2刷発行

著 者 涙鳴 ©Ruina 2018

発行人 松島滋
イラスト 花芽宮るる
デザイン 齋藤知恵子
DTP 朝日メディアインターナショナル株式会社
編 集 飯野理美
編集協力 ミケハラ編集室
発行所 スターツ出版株式会社
〒104-0031
東京都中央区京橋1-3-1 八重洲口大栄ビル7F
TEL 販売部03-6202-0386（ご注文等に関するお問い合わせ）
http://starts-pub.jp/

印刷所 共同印刷株式会社
Printed in Japan

乱丁・落丁などの不良品はお取り替えいたします。
上記販売部までお問い合わせください。
本書を無断で複写することは、著作権法により禁じられています。
定価はカバーに記載されています。

ISBN 978-4-8137-0408-9 C0193

恋するキミのそばに。

♥ 野いちご文庫 ♥

可愛いカラーマンガつき！

365日、君をずっと想うから。

SELEN《セレン》・著

本体：590円＋税

彼が未来から来た切ない理由って…？
蓮の秘密と一途な想いに、泣きキュンが止まらない！

イラスト：雨宮うり

ISBN：978-4-8137-0229-0

高２の花は見知らぬチャラいイケメン・蓮に弱みを握られ、言いなりになることを約束されられてしまう。さらに、「俺、未来から来たんだよ」と信じられないことを告げられて!?　意地悪だけど優しい蓮に惹かれていく花。しかし、蓮の命令には悲しい秘密があった――。蓮がタイムリープした理由とは？　ラストは号泣のうるきゅんラブ!!

感動の声が、たくさん届いています！

こんなに泣いた小説は初めてでした…
たくさんの小説を読んできましたが
1番心から感動しました
／三日月恵さん

こちらの作品一日で読破してしまいました（笑）
ラストは号泣しながら読んでました。°(´つω·`。)°
切ない……
／田山麻雪深さん

１回読んだら止まらなくなって
こんな時間に!!
もう涙と鼻水が止まらなく息ができない(涙)
／サーチャンさん

恋するキミのそばに。

野いちご文庫

大賞受賞作！

「全力片想い」

田崎《たさき》くるみ・著

本体：560円＋税

好きな人には
好きな人がいた
……切ない気持ちに
共感の声続出！

「三月のパンタシア×
野いちごノベライズコンテスト」
大賞作品！

高校生の萌は片想い中の幸から、親友の光莉が好きだと相談される。幸が落ち込んでいた時、タオルをくれたのがきっかけだったが、実はそれは萌の仕業だった。言い出せないまま幸と光が近付いていくのを見守るだけの日々。そんな様子を光莉の幼なじみの笹沼に見抜かれるが、彼も萌と同じ状況だと知って…。

イラスト：loundraw　ISBN：978-4-8137-0228-3

感動の声が、たくさん届いています！

こきゅんきゅんしたり
泣いたり、
すごくよかたったです！
／ウヒョンらぶ さん

一途な主人公が
かわいくも切なく、
ぐっと引き込まれました。
／まは。 さん

読み終わったあとの
余韻が心地よかったです。
／みゃの さん

恋するキミのそばに。

♥野いちご文庫♥

甘くて泣ける
3年間の
恋物語

スケッチブック

桜川《さくらがわ》ハル・著

本体：640円＋税

初めて知った恋の色。
教えてくれたのは、キミでした——。

ひとみしりな高校生の千春は、渡り廊下である男の子にぶつかってしまう。彼が気になった千春は、こっそり見つめるのが日課になっていた。２年生になり、新しい友達に紹介されたのは、あの男の子・シィ君。ひそかに彼を思いながらも告白できない千春は、こっそり彼の絵を描いていた。でもある日、スケッチブックを本人に見られてしまい…。高校３年間の甘く切ない恋を描いた物語。

イラスト：はるこ
ISBN：978-4-8137-0243-6

感動の声が、たくさん届いています！

何回読んでも、
感動して泣けます。
／trombone22さん

わたしも告白して
みようかな、
と思いました。
／菜柚汰さん

心がぎゅーっと
痛くなりました。
／棗 ほのかさん

切なくて一途で
まっすぐな恋、
憧れます。
／春の猫さん

恋するキミのそばに。

♥ 野いちご文庫 ♥

手紙の秘密に泣きキュン

だから俺と、付き合ってください。

晴虹《はるな》・著

本体：590円＋税

「好き」っていう、
まっすぐな気持ち。
私、キミの恋心に
憧れてる――。

イラスト：埜生

ISBN：978-4-8137-0244-3

綾乃はサッカー部で学校の有名人・修二先輩と付き合っているけど、そっけなくされて、つらい日々が続いていた。ある日、モテるけど、人懐っこくてどこか憎めない清瀬が書いたラブレターを拾ってしまう。それをきっかけに、恋愛相談しあうようになる。清瀬のまっすぐな想いに、気持ちを揺さぶられる綾乃。好きな人がいる清瀬が気になりはじめるけど――？　ラスト、手紙の秘密に泣きキュン!!

感動の声が、たくさん届いています！

私もこんな
恋したい!!って
思いました。
／アップルビーンズさん

めっちゃ、
清瀬くんイケメン…
爽やか太陽やばいっ!!
／ゆうひ！さん

私もあのラブレター
貰いたい…なんて
思っちゃいました
(>_<)♥
／YooNaさん

後半あたりから涙が
ポロポロと…
感動しました！
／波音LOVEさん

恋するキミのそばに。

野いちご文庫

千尋くんの想いに泣きキュン！

『俺、あるみの彼氏で本当に幸せ』
マイペースな彼は、クールで意地悪で
でもときどき、
とっても甘い

千尋くん、千尋くん

夏智《なち》。・著

本体：600円＋税

イラスト：山科ティナ

ISBN：978-4-8137-0260-3

高1のあるみは、同い年の千尋くんと付き合いはじめたばかり。クールでマイペースな千尋くんの一見冷たい言動に、あるみは自信をなくしがち。だけど、千尋くんが口にするとびきり甘いセリフにキュンとさせられては、彼への想いをさらに強くする。ある日、千尋くんがなにかに悩んでいることに気づく。辛そうな彼のために、あるみがした決断とは…。カップルの強い絆に、泣きキュン！

感動の声が、たくさん届いています！

とにかく笑えて泣けて、
切なくて感動して…
泣く量は半端ないので
ハンカチ必須ですよ☆
／歩瀬ゆうなさん

千尋くんの意地悪さ
＋優しさに、
ときめいちゃいました！
千尋くんみたいな
男子タイプ～(萌)
／*Rizmo*さん

最初はキュンキュン
しすぎて胸が痛くて、
終盤は涙が止まらなくて、
布団の中で鼻水拭うのに
必死でした笑
もう、とにかく
やばかったです。
／日向 (*´Θ`*) さん

恋するキミのそばに。

♥ 野いちご文庫 ♥

それぞれの片想いに涙!!

「ずっと、お前しか見てねーよ」
照れくさそうに笑うキミに、
私はいつからドキドキしてたのかな…？

早く俺を、好きになれ。

miNato《ミナト》・著

本体：600円＋税

イラスト：池田春香

ISBN：978-4-8137-0308-2

高2の咲彩は同じクラスの武富君が好き。彼女がいると知りながらも諦めることができず、切ない片想いをしていた咲彩だけど、ある日、隣の席の虎ちゃんから告白をされて驚く。バスケ部エースの虎ちゃんは、見た目はチャラいけど意外とマジメ。昔から仲のいい友達で、お互いに意識なんてしてないと思っていたから、戸惑いを隠せず、ぎくしゃくするようになってしまって…。

感動の声が、たくさん届いています！

虎ちゃんの何気ない
優しさとか、
恋心にキュン♡ッッ
としました。
(*プチケーキ*さん)

切ないけれど、
それ以上に可愛くて
爽やかなお話し
(かなさん)

一途男子って
すごい大好きです!!
(青竜さん)

恋するキミのそばに。

野いちご文庫

感動のラストに大号泣

本当は、何もかも話してしまいたい。
でも、きみを失うのが怖い──。

おはよう、きみが好きです。

The message I want to tell you first when I wake up

涙鳴《るいな》・著

本体：610円＋税

イラスト：埜生

ISBN：978-4-8137-0324-2

高校生の泪は、“過眠症”のため、保健室登校をしている。１日のほとんどを寝て過ごしてしまうこともあり、友達を作ることができずにいた。しかし、ひょんなことからチャラ男で人気者の八雲と友達になる。最初は警戒していた泪だったが、八雲の優しさに触れ、惹かれていく。だけど、過去、病気のせいで傷ついた経験から、八雲に自分の秘密を打ち明けることができなくて……。ラスト、恋の奇跡に涙が溢れる──。

感動の声が、たくさん届いています！

何度も何度も
泣きそうになって、
すごく面白かったです！
(♡Haruka♡さん)

八雲の一途さに
キュンキュン来ました!!
私もこんなに
愛されたい…
(捺聖さん)

タイトルの
意味を知って、
涙が出てきました。
(Ceol_Luceさん)